集英社オレンジ文庫

この恋は、とどかない

いぬじゅん

本書は書き下ろしです。

目次

This love will not reach you

イラスト／飴村

この恋は、
とどかない
This love will not reach you

プロローグ

「私と和馬《かずま》、つき合うことになりました」

声高らかに宣言すると、クラスメイト達は一瞬ぽかんとした二秒後、わぁ、と歓声をあげた。

教壇《きょうだん》の上で私たちは今、主人公になっている。

和馬がヒーローで、私がヒロイン。

祝福の声が、チャイムの音も消し去ってしまった。

となりに立つ和馬は居心地悪そうに、いつもの苦い顔を浮かべている。

「ほら、ちゃんと笑って」

小声でうながすと、くわっと歯をむき出す。

それじゃあとても笑っているようには見えない。

「おめでとう！」の大合唱は、まだ続いている。

笑顔を意識して応えながらも、私の心はいつもとなにも変わらない。

それは、となりに立つ和馬も同じだろう。

たくさんの声に包まれながら、どうしてこんなことになったのかを思い出す。

雨あがり、夕暮れのオレンジ。

学校からの帰り道で和馬と話をしたことがそもそもの原因だ。

まだ先月の話なのに、あれからずいぶん時間がたった気がする。

彼と交わした契約は『ウソ恋人になる』というもの。

――これは恋なの？

自分に尋ねても、返事は『ＮＯ』だ。

だって、これは１００％ニセモノの恋なのだから。

1　ウソ恋人の作りかた

春はあけぼの。

あけぼのってなんだっけ？

今日から高校二年生という朝。

結局昨夜は、春休み最後の日を少しでも楽しみたい気持ちが勝ってしまい、いつもよりも遅い時間に寝てしまった。

さらにこの私立高校は、家から自転車で三十分以上かかるという距離。寝不足に加え、久しぶりの長旅に朝からつかれてしまっている。

寝ぼけている場合じゃない、とあくびと一緒に眠気を逃がし教室へ続く階段をのぼる。

朝のうすい光が廊下《ろうか》に満ちていて、なんだか気持ちがいい。

うん、目が覚めた。

二年一組の教室に入るとクラスメイトが話に花を咲かせていた。

「陽菜《ひな》おはよう」

声をかけられ、「おはよう」と同じように返しながら窓側の席へ。前の教室と同じ大きさだけど、高さが一階分違うだけで新鮮な気持ちになる。

荷物を置いてから教室の中央の席へ向かう。

長い栗色のストレートを広げるように机に突っ伏している背中をぽんとたたいてから、となりの空いている席に腰をおろした。

「おはよう」

「…ううおう」

ぐにゃりと軟体動物のように体を起こした桜木杏《さくらぎあん》は私よりも眠そう。長い髪が踊るようにさらさら揺れ、ため息をつく唇はぷっくり艶《つや》やか。はっきりとした瞳によく合っている。

一方私は、ショートカットだった髪を高校に入ってから必死で伸ばしているところ。あと少しで肩につくくらいまできた。杏に教えてもらったシャンプーを使ってるのに、彼女の髪みたいな天使の輪は出現してくれない。

ゾンビのように体をゆらゆら揺らせてから、杏はぼやんとした顔を私に向けた。

「ああ……陽菜」

「新学期なのに元気ないじゃん」

「久しぶりに自転車乗ったからつかれたんだよ」

とほほ、と杏は両手をまぶたの上に当て嘆《なげ》いている。私と杏の家は近く、彼女もまた自転車での通学組。たしかにペダルのまわしすぎで朝からつかれるのはわかる。

杏と出会ったのはこの高校に入ってから。彼女は、幼稚園から中学までずっとエスカレーター式の私立に通っていたそうだ。

「やっぱりさ」杏がうーんと背伸びをした。

「最後の登山が厳しすぎるよ」

登山、というのは校門へ続く長い上り坂のこと。山の中腹に建っているせいで、私の愛車である紺《こん》の自転車（七段変速つき）でも厳しい。

電車通学で、徒歩の生徒でも最後はクタクタになるほどの坂道。生徒たちは最後の坂を『登山』と呼んで恐れている。文字どおりの『登校』ってやつだ。

「あと二年はがんばらないといけないんだから元気出して」

「出さない」

「今日から高校二年生になったんだよ。なんか青春まっただ中って感じしない？」

「しない」

朝の杏はなにを言ってもぶっきらぼうな返事しかしない。苦笑する私に、杏はまた机とにらめっこするように体を折った。

「眠いよお」

こういう仕草がかわいくて、だけどきれい。両方を兼ね備えているなんてうらやましすぎる。

「私も『今日からまた学校か』ってブルーだったもん。でも来たら来たで楽しいじゃん」

私の説得にも、親友は苦い顔のまま。

「どこがよ。二年生になったって、どうせまた勉強勉強の毎日が続くだけなんだから。あー、特進クラスなんて入るんじゃなかった。あたしの青春返してほしい……」

「しょうがないじゃん。おかげでクラス替えもなかったんだしさ。それに、学校経営がうまくいってないってウワサだし、少しでも受験する人が増えるように偏差値をあげなくちゃいけないいんだから」

顔をのぞきこんで諭《さと》すように言うと、杏は机に顔を引っつけたままで首を横にふった。

「ここだけの話だよ。お父さんが言ってたんだけど、学校経営がうまくいってないのは、ウワサじゃなくて本当のことみたい」

ん、と眉《まゆ》をひそめる。

「それってどういう意味？」

杏が「あのね」と声をひそめるので顔を近づけた。

「この学校…つぶれるのかも」

「ええ⁉」

大声を出してしまった私に、杏はガバッと机に伏せて寝たふりをしてしまった。

「戸綿《とわた》さん、そんな大きな声出してどうしたの？」

登校してきたクラス委員の円田《えんだ》さんが聞いてきたので「なんでもない」とヘラっと笑顔を作ってみせた。

円田さんがほかの女子と話し出すのを確認してから、

「やばすぎるじゃん」

と杏に顔を寄せるけれど、もうこっちを見ようともしない。言うだけ言っておいて無視するなんてひどい。

「ねぇ、聞いてる？　それじゃあ私たちはどうなるの？　このまま解散ってこと？」

小声で質問を重ねると、突っ伏したまま顔だけをこっちに向けてくれた。

「解散、ってバンドじゃないんだから。ちゃんとあたしたちが卒業するまでは続けてくれるよ。そのあとに廃校になるんじゃないかな」

たしかにお母さんが『寄付金が増えて困ってる』ってぼやいていたっけ。去年の夏すぎからやたらエコを推進しだし、クーラーは微弱の設定になり、学食の値段も一気にあがった。

　思い返せば前兆はあったのに全然気づかなかった……。

「朝からショックすぎる」

　つぶやく私に、

「なにがショックだって？」

　ちょうど私たちの間を歩いてきた尾奈蓮司《おなれんじ》に聞かれてしまった。

「なんだ蓮司か」

「なんだ、ってひどいなあ。朝から深刻そうな顔してるから聞いたのに」

　あははと笑うと「なあ」とうしろをふりかえる。そこには尾奈蓮司の親友である気賀和馬《きがかずま》がいた。

「……なにが？」

　低い声で尋ねる和馬に、

「だから、朝から辛気臭《しんきくさ》い顔って話だよ」

　蓮司があっけらかんと説明する。蓮司って裏表がないぶん、言葉がストレートすぎる傾向がある。

「――べつに、どうでもいい」

ぶっきらぼうだけれど、これが和馬の朝におけるスタンダードってところ。

「自分たちから絡んでおいてそんな言いかたないでしょう。だいたい、蓮司は耳がよすぎだし、和馬はそっけなさすぎなんだよ」

私の反撃に蓮司は笑顔、和馬は無表情で反応してくる。

「反省反省」

ちっとも反省していない様子で蓮司はほかの男子に声をかけに行き、和馬は「眠い」と自分の席へ歩いていってしまった。

ふたりは中学からの親友らしいけれど、私から見るとまるで真逆な性格だ。だからこそ気が合うのかな。男子ってほんとわからない。

男子に声をかけられ、「やあ」と元気に答えている蓮司をながめた。

尾奈蓮司という名前から、男子と女子の一部からは『オレンジ』と呼ばれているけれど、私はいつも『蓮司』と呼び捨てにしている。

蓮司は特進クラスでいちばん目立つ生徒。いつだって明るいし、成績も優秀。

バスケットボール部にも所属していて、クラス一ってくらい背が高いのに、小顔で童顔。チョコレート色に染めた髪と制服の上からでもわかる筋肉質な体型。土日は練習のあとバイトまでしていると聞く。

もしもアニメの世界だったら、主人公がたやすく恋に落ちそうなタイプだ。実際、クラスにおいても蓮司のファンは多い。といっても、真剣に恋をしているというより、アイドルのファンという感じだ。たとえるなら、やたら人懐っこい犬みたいな蓮司。

一方の和馬は、懐かない野良猫を連想させる。蓮司とまではいかないけど身長は高く、無造作《むぞうさ》に散らばった黒髪はおしゃれと言えなくもない。でも、いつも怒ったような顔をしているし、無口でぶっきらぼう。笑っているところなんて、蓮司としゃべっているとき以外は見たことがない。

それでも、スリムな体型でどこか影のある和馬は、蓮司に次ぐイケメンとして認知されている。彼のことをよく知らない他のクラスの女子は、勇気を出して話しかけるたび、その冷たさに毎回傷ついているようだけれど。

どっちにしても私には興味がないし、ただのクラスメイト。どちらかというと、注目の的《まと》である蓮司よりも和馬と話をしていたほうが気楽な気がする。

横を見るといつの間に起きたのか、杏がぽわんとした顔をしている。右へ左へ動く蓮司に合わせて視線が動いている。他の女子たちも会話をしながら蓮司を目で追っているのがわかる。

まるで集団催眠《さいみん》にかけられているみたいだ。

「ちょっと、杏。また蓮司のこと見つめてるよ」

声をかけるとハッとしたような顔をしてから、しゅんと杏は肩を落とした。

「だって……。春休み中は会えなかったから」

杏は入学して以来、蓮司に本気で恋をしている。

「だからって見つめすぎ。バレちゃうよ」

恋をする人って、なんでこんなに苦しそうなんだろう。感情をふりまわされて、ちょっとのことで喜んで、何気ないひと言に傷ついて。

そういう気持ち、私にはまるでわからない。

「陽菜は春休み中に出会いとかなかったの？」

話題をこっちにふる杏に顔をしかめてみせた。

「だから私は恋愛に興味がないいんだってば」

もう何度も口にした台詞《せりふ》を言う。

さっきまでの楽しい気持ちは一瞬で消え、嫌な感情が顔を出している。世間話は楽しいのに、女子は決まって恋愛を話題の中心に置きたがる。

「まだそんなこと言ってるの？　この歳《とし》で恋をしないなんてもったいなさすぎる。青春のムダづかいだよ」

渋い顔を作る杏に、

「逆にどうやったら人を好きになれるのか教えてほしいよ」

と肩をすくめ、その一秒後に後悔《こうかい》する。それは杏が、憂《うれ》いのある表情にさっと変わったから。語りに入るときの合図だと知ってももう遅い。

ヤバい、余計なことを言ってしまった。

「じゃあ教えてあげるわね」

慈悲《じひ》の心を与えるようにやさしいトーンで杏はつぶやく。

「好きになるのってね、『この人を好きになるぞ』って決めてするものじゃないの。ずっと前から好きになることが決まっていた感じ。会った瞬間に気づくこともあるし、親しくなるなかで気づくこともあるのよ」

恋をする人って、いつもこんなことを言う。ひとつ上の段から世界を見ているかのような発言で、『これが真理なんだよ』と諭《さと》してくる。

素直にうなずいておけばいいものを、杏の前でだけはつい反論したくなってしまう。

「でもさ、世界にはたくさんの人が住んでいるんだよ？　たまたま同じ時代に日本に生まれて、同じ学校の同じクラスになっただけでしょう？　ただの偶然だよ」

「それが運命だったのよ」

「違う町に引っ越しとかすれば、またそこで誰かに出会うわけじゃん。結局は身近な人を好きになるもんじゃないの？」

「それも運命」

ダメだ。

もう一度蓮司に目をやると、和馬の席で楽しそうに笑い転げている。

「恋なんてめんどくさいだけに思えるけどな。杏だってもう一年も好きでいるのに、ちっとも蓮司に話しかけないままでしょう。行動に移さないといつまでも苦しいんじゃない？」

「他の子の目もあるし。抜けがけしたらなにを言われるかわかんないもん」

「でも、杏ほど本気な人はいないでしょう？」

「それでもダメなものはダメなの」

共同戦線を張っているようでおたがいを監視しているような状態、ってことなのかも。誰かが先に行動を起こせば、容赦《ようしゃ》なく仲間だったひとりを攻撃するってこと？

やっぱり私にはわからない。

栗色の髪を手でときながら杏が私を見た。

「蓮司くんと対等に話ができるって陽菜だけだもんね。少しくらいドキドキしないの？」

「ないない。そういう気持ちがないからしゃべられるんだよ。あっ――」

杏に顔を近づけて続ける。

「私が恋愛に興味がないってこと、みんなには内緒だからね。そんなこと知られたら仲間外れにされちゃう」

はいはい、と応えながら杏はまた蓮司に視線を送っている。

片想いってたぶん、うれしさよりも悲しさや切なさのほうが多いんだろうな。いつか両想いになることを夢見ても、そんな日が来る保証なんてない。

「そんなことより私は学校のウワサのほうが気になるよ。つぶれるなんてことないよね？」

現実的な話にカーブを切る私に、親友は不満げな表情をしてくる。

まるでもう少し、幻想のなかにいたいと言っているように思えた。

「あーショックすぎる」

始業式のあと教室へ向かいながら蓮司がとなりでボヤいた。向こう側にいる和馬と目を合わせると、軽くアゴをあげて合図してくる。私に聞け、ということだろう。

「それって私に話しかけてんの？」

代表して尋ねると、

「そのつもりだけど？」

飄々《ひょうひょう》と答える蓮司。

「だから、朝同じこと口にしてたでしょ」

「え？　ああ、『朝からショック』って、そういう意味だったのかあ」

「まさか学校が廃校になるなんて驚きだよね」

杏の予想どおり、校長先生は今年度から新入生は取らないと説明した。あらかじめ声をかけていたのか、新聞社の腕章をつけた数名の男性がシャッターを切っていた。

私たちが卒業をする二年後を待ち、この学校は廃校になるそうだ。ということは、三年生になったときには下級生は誰もいないってこと？

難しそうな顔しか見たことのない校長先生は、いつもの三倍くらい眉間《みけん》に深くシワを寄せて説明を続けていた。資金繰りがうまくいかなかったこと、私たちに迷惑をかけること、先生たちにも申し訳ないということをくり返した。

生徒全員に伝えているというより、世間に悪い印象を持たれないようカメラに向かって説明しているように感じた。

もっと大さわぎになるかと思ったけれど、始業式はしんとした空気のなか終わり、教室へ戻る道すがらもささやくような声が聞こえているだけ。

みんなも同じようにショックを受けているんだろうな……。私はどうなんだろう？　まだ実感がないし、卒業と同時に廃校ならば大きな影響はないかも。一年生がいないのはさみしいけれど、購買部は混みあわずにすむだろうし。

「違うよ、全然違う！」

蓮司が急に声を大きくしたので、回想から一気に現実に引き戻された。蓮司のテンションの上下にはいつも驚かされる。

「なによ、急に大きな声出して」

「僕がショックなのは廃校になることじゃなくってさ、バスケ部に後輩が入ってこないこと。やっと先輩になれると思ったのにさぁ」

「いやいや、廃校になるほうが大問題じゃない？」

「いやいや、先輩になれないほうが大問題だよ」

よくこうやって意見がぶつかる私たち。おたがいに譲《ゆず》らないから最後はケンカみたいになることもしばしば。

意見が分かれたときのジャッジは、蓮司のとなりでだるそうに歩く和馬に託される。私の視線に気づいたのか、一瞬鋭い目を向けてから「ああ」と緊張を解くように肩をすくめた。

「俺は、ふたりとは違う意見だけどな」

足を止めた和馬につられるように廊下《ろうか》のはしで私たちは向き合う。川にある岩を避けるかのように生徒たちが流れていくなか、和馬は腕を組んだ。

「母校がなくなるほうがつらくね？」

「母校……？」

蓮司が首をかしげた。

「そ、母校。卒業したあとにこの高校の名前を言っても、いずれ誰もわからなくなる」

「ああ」和馬の言おうとしていることがなんとなくわかった。

「たしかにそうだね。出身高校の話になったときに、『そんな高校あった？』って言われるのは悲しいかも」

そうだ、と言うようにひとつうなずく和馬。

「蓮司も今は先輩になれなくて悲しいかもしれないけど、もっと先のことを考えろよ」

ようやく理解したのか蓮司も大きく首を縦にふった。

「たしかにそうだわ。やっぱ和馬ってすごいなあ」

ぱあっと顔を輝かせた蓮司が尊敬のまなざしを和馬に送る。

「べつに」

そっけなくも、和馬だって口のはしっこがあがっている。蓮司の前でだけ笑う和馬。

「もっとそうやって笑えばいいのに」

私の言葉に彼はあからさまにムッとした。そして私をじっと見て、「こうか？」とやってみせた。まるで鬼のお面みたいで今にもかみついてきそうな顔だ。

「笑えてないし、むしろ怖いから」

「戸綿が笑えって言ったからだろ」

「それで笑ってるつもりなの？」

へーと茶化す私に、

「まあまあ」

と今度は蓮司が助け船を出す。ふたりはいいコンビだ。

蓮司が太陽なら、和馬は月。影響力のある蓮司はいつも輝いている。反面、和馬は静かに光を落とすようなイメージ。どちらも空にぽっかりと浮かんでいて、女子たちにはあこがれてもとどかない存在なのだろう。

ふたりと別れトイレへ向かう私を「陽菜」と、杏が呼び止めた。

「蓮司くんとなんの話をしていたの？」

杏のうしろには数人の女子がいる。

「え？」

「ほら、楽しそうに話をしてたから。春休みのこととかを話していたのかな、って。ね？」

杏に同意を求められた円田さんがおずおずとうなずく。

「そんなんじゃないよ。さっきの校長先生の話についての感想ってとこかな」

意識した笑みで答え、トイレに入った。

蓮司に恋をしている同盟女子たちにとっては、学校がつぶれるという大きな事件よりも、目の前にある恋から目が離せないみたい。

それが悪いことだとは思わない。

私がただ、できないだけなのだから。


家に着くころには薄闇のカーテンが町に降りていた。

普通なら始業式の日は午前だけで学校は終わるものだけれど、特進クラスの生徒だけは毎回、『始業テスト』を受けさせられる。

いつもより早いとはいえ、もう夕暮れの時刻。

自転車からおりると、額に汗が浮かんでいた。夏服でもいいくらいの暑さが体にまとわりついて気持ち悪い。

キッチンのドアを開けると、お母さんがせわしなく動きまわっていた。

「お帰り、遅かったじゃない」

「始業テストがあったの。昨日言ったじゃん」

「そうだっけ？　ま、いいわ。ちょっと横になってたら寝すごしちゃったのよ。夕飯は冷凍食品食べておいて」

イヤリングをつけながらバタバタととなりの部屋に入っていった。お母さんは昼間の仕事に加え、週に何度か近くのスナックでアルバイトをしている。

水筒を洗っていると、さっきよりもメイクが濃くなったお母さんが「バッグがない！」とさわいでいる。

「ソファの上」

指さすと「ああ！」とお気に入りのブランドバッグを持って装備完了。

壁の時計を確認し、少し時間があることに気づいたらしく、

「ねえねえ」

とシンクに手をかけた。ふわり、甘い香水のにおいを感じた。

「新しいクラスはどうなの？　友達できそう？」

「べつに」

そっけなく答えてから、心のなかで『私は和馬か』とツッコミを入れる。

パーマがかかった髪を耳にかけるお母さんは、軽く首をかしげて続きをうながしてくる。しょうがない、と心のなかでため息をこぼす。

「そもそもクラス替えはないの。お母さん、忘れてるみたいだから言うけど、この間も同じ質問してたよ」

「そうだったっけ？」

「ほら、早く行かないと間に合わないよ」

「あー、ほんとだ！　じゃあね。ちゃんと戸締まりしてね」

「行ってらっしゃい。お休みなさい」

お母さんが出ていったのを確認し、水筒を流し台に置く。さっきまでのにぎやかさは一気に消え、照明すら少し暗くなったように感じる。しんとしたこの家に、お父さんが帰ってくることはもう、ない。

お父さんは、私にはやさしかったけれど、よくお母さんとケンカをしていたのはなんとなく覚えている。そういう時のふたりはとても怖い顔をしていてすごくいやだった。どうしてケンカばかりするのかわからずに、オロオロしたことを覚えている。ふたりの離婚が決まったのは、私が小学一年生にあがったころのこと。

お母さんが台所で話をしてくれた記憶がわずかに残っている程度で、まだ幼かった私は、お父さんが家を出ていくことを受け入れるしかなかった。

　ふたりで住むには少々大きい二階建ての家。お母さんが仕事を増やしてからは、なかなかゆっくり話をする時間もなくなった。

　大恋愛の末に結ばれたふたりなのに、今では別々に住んでいる。別れたあとのお母さんはつらそうで悲しそうで、それ以上に忙しそうで。そういうのを見ていると、自分が恋をしたいとは思えないんだよね……。もちろん、お母さんには言わないけれど。

　どうして人は誰かを好きになれるのかわからないまま、もうすぐ十七歳になる。

　昔から歌の歌詞を見てもピンとこなかった。男性アイドルにハマったこともないし。ドラマもそうだ。今じゃ、クラスの話題についていくために恋愛リアリティショーを見る程度。それすらもただの絵空事《えそらごと》のように思えてしまう。

　そうしてわかったフリでみんなの会話に笑顔で参加するんだ。

　恋なんてただの錯覚《さっかく》、もしくは幻。

　触れようとするから、つかめずに悲しくなるものでしょう？

五月の連休が終わると雨の日が多くなった。

教室の窓から見える浜名湖《はまなこ》の青も、霧雨《きりさめ》が色をうすめているみたい。放送部が流すバラード曲に耳を傾けながら杏たちと輪になりお弁当を食べていると、大きな笑い声が教壇《きょうだん》のほうで生まれた。

早々に昼食を終えた男子が集まって話をしている。中心にいるのは蓮司だ。となりにはいつもより数倍仏頂面《ぶっちょうづら》の和馬が立っている。

「でさ、そんときの和馬が超笑えたんだよ」

蓮司がおかしそうに言い、

「どこがだよ」

迷惑そうな顔で和馬がぼやいた。

「だってさ、バイト先で知らない女子に『気賀さんですよね?』って聞かれて、速攻で『ちがう』って答えるんだよ。エプロンに『気賀』って名札つけてるのにさ」

どっと男子たちが笑い、スピーカーからのバラード曲は聞こえなくなった。

「ほんと、和馬らしいよね。うしろにいた僕は、笑いをこらえるのに必死だったんだから」

蓮司が和馬の肩に腕をまわして笑う。あ、和馬も少し笑った。ぎこちなく、だけど。

ほんと、ふたりは仲がいいんだよね。女子たちが憧れるのも少しはわかる気がする。

「うるせーよ」

　なんて言いながら、和馬もまんざらでもない様子でほっこりする。あれ、なんで私がほっこりするわけ？

　あわててとなりにいる杏を見ると、あいかわらず蓮司に視線がロックオンされている。

「杏？」

「うん」

「大丈夫？」

「うん」

　全然大丈夫じゃないみたい。一緒にお弁当を食べていた女子たちも、意識が教壇のほうに向かっているのが伝わってくる。

「そういえば、昨日のテレビ見た？　オーロランドの新曲やばくない？」

　女子のひとりが言い、みんながわっと盛りあがる。

「あれは神だね。めっちゃいい曲だった」

「歌詞がまたいいんだよねー」

　感心したような声を出すみんなに合わせて、私も同じようにうなずく。オーロランドが男子アイドルグループなのは知っている。新曲はたしか、ドラマの主題歌になっている。

「あんなふうに誰かに想われたいよね」

円田さんが同意を求めるような目で見てきたので、わかったフリでうなずく。

「そういえばさ」と円田さんがとなりにいる杏を見た。

「最近なんか元気がないんじゃない？」

円田さんのとなりにいる女子が大きくうなずく。

「あー」と何人かがうなずいている。

「まあ、ね」

ゆっくりと杏は静かにうつむいた。どうやらスイッチが入ったようだ。

「『恋をすることは苦しむことだ。苦しみたくないなら、恋をしてはいけない』」

「出た出た、杏の名言コーナー」

杏は、たまに自己啓発本やネットで知った名言を口にすることがある。そして、ほとんどが恋愛がらみのものばかりだ。

みんなすっかり慣れているので「はいはい」と軽く流すのもいつもの流れ。

「なによ。いい言葉でしょう。ウディ・アレンの名言なんだって」

不服そうに唇をとがらせる杏に、ほかの女子がケラケラ笑う。

「じゃあ、これは？『食べることは太ることだ。太りたくないなら、食べてはいけない』」

「それウケる」

黄色い悲鳴にも似た笑いが起き、杏は「もう」と頰《ほお》をふくらませた。そして、少し悲しげにため息をついた。

片想いってなんだかすごく苦しそう。そんなことを思いながらお茶を飲む私に、

「ね、陽菜はさ──」

最近和馬派になったという女子が声をかけてきたので身構えてしまう。

「オレンジくんや和馬くんとどうして普通に話ができるの？」

「え？　だってべつに同じクラスの人だし」

素直にそう言うと、その女子は目を丸くした。

「ふたりのことかっこいいとか思わないの？　あたしだったら緊張しちゃうよ」

「かっこいい？　え、べつに……」

「あのふたりって、うちの学校でもトップ2なくらいイケメンじゃない？　話してて胸がキュンとするとかないの？」

ほかの女子が尋ねてくるけれど、だいたい『胸がキュン』ってなんなの？　もし私の胸にそんなことが起きたら、心臓病を疑ってしまうだろう。

困っていると杏が私を見てふっとほほ笑んだ。

「『恋をすることは苦しむことだ。苦しみたくないなら、恋をしてはいけない』という名言には続きがあるの。『でもそうすると、恋をしていない人は、恋をしていないことで苦しむだろう』ってね」

「なるほど」

なんてわかったフリでうなずく私に視線が集まっているのを感じる。やめて、見ないで。

私の気持ちを知る由《よし》もなく女子たちは口を開く。

「陽菜は恋をしていないからね。それじゃあわからないか」

「そうじゃないとあんなふうに話しかけられないよ」

「このなかで恋をしていないのは陽菜だけかー。ま、そのうち陽菜もわかるからね」

続々と浴びせられる言葉に思わずムッとしてしまう。

まるで恋をしている人は一流、恋をしてこそ人間になれるかのような言いかただ。

それじゃあ私はモンスターなわけ？

「…してるもん」

気がついたときには、口が勝手に言ってしまっていた。

「陽菜。ムリしないでいいよ」

助け船を出してくれる杏を無視して私は言う。

「みんなには言ってなかったけど、私だって恋くらいしてるもん」

口にしてからすぐに我に返るがもう遅い。

……ヤバい。ついウソをついてしまった。

「誰に⁉」「えー、本当に？」「相手はどんな人なの？」

連打のような質問から「あ、用事思い出した」と逃げるように席を立つ。

廊下《ろうか》を急ぎ足で渡れば、雨の音がすぐそばでさわいでいる気がした。


結局、放課後も逃げるようにトイレへこもった。

あれからみんなの話題は『私が誰を好きか』ということ。ランチに同席していなかった子にまで聞かれたので参った。ほんと、ウワサ話ってあっという間に広がってしまう。

個室でスマホを開くと、杏からメッセージがとどいていた。

【もう帰ったの？】

【雨だから迎えに来てもらったんだけど、一緒に車に乗っていく？】

一緒に帰ったならさっきの発言を根掘り葉掘り聞かれることは間違いないだろう。

しばらく考えてから返信を打つ。

【今日はうちも迎えに来てもらったから大丈夫。ありがとね】

無難な返信だろう。少しの間があって、杏からまたメッセージがとどく。

そうだよね、杏はごめんね。明日、みんなに訂正《ていせい》しよう♪】

【昼休みのときはごめんね。明日、みんなに訂正《ていせい》しよう♪】

そうだよね、杏はあんなのウソだってわかってるもんね。ホッとすると同時に気づく。

あのときに感じたのは、劣等感だったと。

恋なんてしない、と言っているくせにどこかで引け目を感じていたんだ。

ということは、『恋をしていない人は、恋をしていないことで苦しむだろう』という誰かの名言は、あながち間違いとは言えないかも。

ただ、私の場合は恋愛をしたいわけじゃなく、みんなの話題についていきたいだけだと思う。恋をしている人が話題の中心であるこのごろは、どこか息苦しい。恋ができない苦しさとは、やっぱり意味がちがう。じゃあどんな種類の感情なの？

ふいに、和馬の顔が浮かんだ。彼も蓮司にからかわれて嫌な顔をしていたよね。

でも……なんで急に思い出しちゃうの？

――やめよう。

出口の見えないトンネルに入りこんでしまいそう。

杏のアドバイスどおり、明日みんなにちゃんと言おう。きっとみんなは『そうだと思った』って言ってくれるはず。

せめて今日くらいはこのままでいいよね……。

個室から出ようとして思いとどまった。

今出ていったなら杏と鉢合《はちあ》わせしてしまうかもしれない。それどころか、クラスの子たちに会ったなら質問攻めに合うだろう。

仕方なくスマホでゲームをして時間をつぶすことにした。

……ほんと、なにやってるんだろ私。


外に出ると、いつの間にか雨はあがっていた。

今日は見られないと思っていた夕日が山の向こうに沈んでいく。本当なら浜名湖に沈む夕日が見られれば最高なんだけど、残念ながら逆方向。そのせいで景色は秒ごとに暗くなっていくよう。

にしては寒い。雨が春の陽気をうばいさり、季節が戻ったような冷たい風が頬に当たる。春先の気温の変化に体がまだついていっていないのだろう。

自転車にかけておいたレインコートをたたんでいると、カチャンとカギの外す音が聞こえた。

「よお」

ふりかえると和馬がいた。彼もまた自転車通学のひとりだ。とはいえ、和馬のファンから聞いたところによると、私や杏の家までと比べると半分ほどの距離にある町に住んでいるとのこと。

「ども」

いつものように軽い口調で答えて自転車を押す。髪の色などは比較的自由な高校なのに、校門までは自転車を手押ししなくてはならないという校則がある。

自然に和馬がとなりに並んだ。口をへの字に曲げて眉間《みけん》にシワを寄せる顔をまじまじと見る。あいかわらず愛想がない。

「和馬って昔からそういう顔なの？」

「は？」

「いや、なんていうか、いっつも不機嫌でしょ？　愛想もないし」

「んなことない」

言葉とは裏腹に表情が曇っている。

「ないことないでしょう？　だったら、バイト先にまで来てくれた女子にウソつかないもん。勇気を出して声をかけてくれたのにかわいそうだよ」

「ああ……。それは、たしかに」

ごにょごにょと言う和馬から目をそらした。大きなお世話だよね、きっと。私、なに言ってるんだろう。

普段なら校門から一気に自転車で坂を下るけれど、次の言葉を探せないまま自転車を押して歩く。

「でもさ」

ぶすっとした声が聞こえた。

和馬の横顔がオレンジ色に光ったかと思うと、次の瞬間には道の両はしに広がる杉の木で翳《かげ》ってしまう。

「関わりを持つのはちがうと思うんだよな。どのみち最後は、『冷たい人』って言われるし、だったら最初からそういう扱いでいいや、って」

「ああ……」

無理して相手に合わせても、最後は拒否をするなら最初から冷たくしているってことか……。方法は極端だけど、なんだか少し納得してしまう。

「戸綿に言ってもしょうがねーけどさ、みんなの話題についていけないんだよ」

「…それって例えば？」

鼻から息を吐き出すと和馬は「まあ」と続けた。

「誰がかわいいとか、誰と誰がつきあうかもとか、恋愛の話ばかりだからさ。ああいうの苦手なんだ」

「あー、うん」

「蓮司も恋愛に興味ないからさ、だから気が合うんだろうな」

ふっと目を細めた和馬に親近感が生まれた。

「じつはさ、私も恋愛って苦手なの。今日もそのことで遅くなったんだよ」

「あんなにいつも盛りあがってるのに？」

「それは……やっぱりそうしないといけないかな、って」

さすがに『好きな人がいる』とウソをついたことは言えず口ごもってから、

「工藤《くどう》くんと真理《まり》のこと知ってる？」

話題を変えることにした。クラスメイトのふたりが今年に入ってつき合い出したのだ。

「つき合ってるんだっけ？　あんなに大さわぎしてたのに、最近は誰も口にしなくなったから忘れてた。もしも別れたりしたらまたさわぎだすんだろうな」

真理が片想いをしていた工藤くんに告白したのは一月のこと。それまではウワサ話や真理へのインタビューが多かったのに、つき合い出したとたんピタッと話題に出す人はいなくなったのだ。

「結局はうまくいかない恋についてあれこれ言いたいだけなんだろうね」

ブラックな意見がするりとこぼれた。なんでこんなに本音ばかりがぽろぽろこぼれるんだろう。

杏にさえもここまで言ったことないのにな。いや、だからこそ一旦話し出すとダムが決壊したみたいに言葉が止まらないのかもしれない。

「ほんと、そうだよな」と、和馬は力強くうなずいてくれた。

「本気で心配している人なんていない。ただ話題になればいいって思ってんだよ」

不思議だった。自分の恋愛論をこんなに受け入れてくれる人がいたなんて。同じ考えの人がいるなんて思ってなかったからホッとしている私がいる。

「じゃあ和馬は、歌とか聴かないの？　好きなアーティストっている？」

「いない。どの曲も『好き』とか『愛してる』ばっかじゃん。自分を重ね合わせることはできないから、歌詞の意味がわからない洋楽ばっか聴いてる。邦楽は聴かない」

「一緒だ！」

うれしさのあまり、ついはしゃいでしまった。そんな私に、さっきよりも柔らかい表情の和馬がうなずく。

「まあ洋楽もさ、やたら『ＬＯＶＥ』とかの詩ばっかりだけどな」

「あー、たしかに。他の歌詞はわからないから英語苦手でよかった、って思うもん」

まるで自分のことを話されているみたいに、和馬の考えていることがいちいち納得できる。こんな近くに自分と同じ考えの人がいたなんて、うれしくてたまらない。

「世の中の真んなかには、いっつも恋がらみのことがあってさ、俺はその落伍者《らくごしゃ》とみなされている。べつにいいけど」

「私もべつにいい」

「あー、もう一生恋愛なんてしたくない！」

宙に叫ぶように言ってから和馬が歩き出したのでついていく。開けた場所まで来ると、ちょうど一両編成の列車が駅についたところだった。車両にはすでにライトがついていて、確実に夜の気配がしている。

和馬がふいに空を見あげたので、つられて私も黒い雲に目をやった。

「また曇ってきた。雪でも降りそうな感じだな」

「今日は寒いからね。春に雪が降るなんて素敵じゃない？」

「季節外れの雪でも降れば、俺らもちゃんと恋愛できるのかもな」

目線を戻して改めて和馬を見る。整った顔立ちに鋭い目、客観的に見ても、和馬が女子に人気なのはわかる。

「和馬はモテるから、私なんかより大変そうだね」

「あー、それな。ちょっと問題ありあり」

顔をしかめた和馬が、すうと吸った息をため息に変換した。

「正月明けにさ、ほかのクラスの女子にさ、告白されたんだよ。で、もちろん断った」

「なんて言って断ったの?」

「俺は毎回『ほかに好きな人がいる』って伝えてる。それがいちばん無難かな、って」

私には一生縁のなさそうな話だけど、相手を傷つけずに断るにはベストな答えだろう。

ウワサでは塩対応と聞くけれど、本当はちゃんと言葉も態度も考えているんだと知った。

「でさ、今日また同じ女子に告白されたんだよ。『あきらめない』って言われてさ、マジで参ってる」

「へー」

「お前、興味ないだろ?」

ムッとする和馬にあわてて手を横にふる。

「そんなことない。ただ、あきらめないってすごい。それくらい好きなんだね」

「『好きな人が誰なのか言ってくれたらあきらめる』とまで言われてさ。あー、脅迫《きょうはく》されるってこういうことを言うんだな、なんて思った」

言いかたがおもしろくて笑ってしまった。和馬とこれほど長くしゃべったのははじめてだけれど、ここまで恋愛観が一緒なのがうれしくてたまらない。

列車が去っていくと、辺りが急に暗くなり、景色は夜になっていた。

「戸綿にさ、ちょっと聞きたいことあるんだけど」

和馬がそう言ったとき、私はまだ笑っていたと思う。

なのに、

「正直に答えて。俺とつき合う確率って何パーセントくらいある？」

そんなことを言うから、一気に体と心が固まってしまった。

え……。なにその急展開。

「ひょっとして、私に告白してるの？」

「んなわけない。興味ないって言ったろ」

それもそうか。一瞬でも驚いた自分を恥じながら「ええっと」と首をかしげた。

「さっきも言ったけど、恋愛に興味がないの」

先をうながすように和馬は軽くアゴを動かす。

「和馬とつき合う確率でしょ？　たぶん１％……ううん、０％かな」

「１００％恋じゃない、ってことか。俺と一緒だ。戸綿とは絶対につき合えない」

「改めて言われると、少々傷つくんですけど」

おどける私に和馬は逡巡《しゅんじゅん》したように視線をさまよわせた。さっきとは違う空気が存在しているように思えた。

「恋人さえいれば最初こそいろいろ言われるだろうけど、そのあとは放っておいてくれるんだよな」

「これまでの例をとると、そういうことになるね」

「だとしたら、ウソでも恋人を作ってしまえばいい」

「え？」

和馬が言わんとしていることがぼんやりと輪郭《りんかく》を成していく。でも、まさかそんなことないよね……。

「ひとつ提案があるんだけど――」

「うん」

自転車のハンドルを無意識にギュッとにぎっていた。

私の緊張を溶かすように、和馬はニッと笑みを浮かべた。

「俺たち、ウソ恋人になっちゃおうか？」

それはまるで、『買い物につき合って』と言うかのように軽い口調だった。

2　想いがあとからついてくる

作戦の決行は、一か月後の六月十五日。

「私と和馬《かずま》、つき合うことになりました」

教壇《きょうだん》で高らかに宣言したあと、しばらくは大さわぎだった。

想像もしていなかったのだろう、席に戻って先生が来るまでの間、私も和馬も質問攻めにあった。特にすごかったのは昼休みの時間だ。

普段は一緒にご飯を食べない子まで近くの席に座り耳を傾けてくる。

このあたりの流れは予想していたこと。

ウソ恋人のための条例まで書き出し、この一か月間念入りに打ち合わせを重ねてきた。

あとは台詞《せりふ》として口にするだけだ。

なんだか女優にでもなった気分。緊張を隠し、あくまで自然なフリをしなくちゃ……。

「もうさ、びっくりしすぎて死にそう！　なんでなんで？」

クラスメイトの何度目かの同じ質問に私は首をかしげた。

「なんでって、好きになったからとしか言えない。だって、恋をするのに理由なんていらないでしょう？」

棒読みにならないよう意識するのが大変。

「あれほど興味がないって言ってたのに？」

「好きになるって意味がわからなかったの。でも、気づいたの。『私、和馬のことが好きだ』って」

となりの杏《あん》が、「それがさあ」とぼやいた。

「あたしにだって昨日の夜になってようやく電話で言ってきたんだよ。ギリギリすぎる」

うん、とうなずいて杏を見る。

「ほんと、ごめん……」

大事な友達なのにごめんね。気持ちを込めて伝えると、杏は軽くうなずいてくれた。

うしろのテーブルに座っていた女子のひとりが「ねえ」と声をかけてきた。彼女たちは和馬派のグループだ。

「告白したのは和馬くんから、って本当なの？」

「あ、うん。何日か前に急に呼び出されたの」

校門に呼び出された私は和馬と一緒に帰ることになった。その途中で彼に告白をされた。

そういう設定だ。

「元々そういう気持ちがあって和馬くんと仲良くなったんじゃないの？」

「そんなことないよ」

「でもおかしいじゃん。私たちだってずっと和馬くんのこと……ね？」

まわりの同調を得た彼女の目には非難が表れていた。前まではファンという立ち位置だったのに、抜けがけしたと思われているのだろう。

そうだよね。和馬のファンの子たちにひどいことしていることはわかっている。心のなかで、もう一度『ごめん』と謝罪した。

「正直、私も自分自身で戸惑っているの。誰かのことを好きになるってどういうことかわからなくて、でも……気づいたら好きになっていたの」

ため息交じりに言うと、まわりの子たちも同じようにシュンとした。

「そうなんだ……」

「たしかに陽菜《ひな》も、『恋をしている』って言ってたもんね」

「そうそう。あのときの陽菜、すごく苦しそうだったし」

昼休みも終わりに近づいたころ、私は立ちあがって言った。

「今日は突然あんなこと言ってごめんなさい。知ってのとおり、私は全然恋愛に慣れてないの。これからはそっと見守ってください。よろしくお願いいたします」

台本どおり最後までやりきった私に、パラパラと拍手が起きた。

みんなにウソをついている罪悪感の裏で、ちょっとだけほっとしながら頭を下げた。


ひとりだけ、そう、ひとりだけ放課後になっても不機嫌な女子がいる。

クラスメイトが続々と教室を出ていくなか、腕をつかんで離さないのは杏だ。

「俺、先に行ってるから」

一緒に帰ることになっている和馬が、私にそう言って教室を出ていくと、杏は私の前の席に座った。ひどく真剣な顔に、胸がドキンと跳ねた。

昼休み以降、杏の口数は減り、なにか考えこんでいる様子で気になっていた。

「ねえ、陽菜。聞きたいことがあるんだけどさ」

「え、なに？」

「陽菜は本当に和馬くんのこと、好きになったの？　はっきり言うとあたし、疑ってるんだけど」

正直、やっぱりなと思っている。

和馬とのシミュレーションでいちばん問題になったのは杏のこと。親友である杏が、私のウソに気づく可能性は高いと思っていた。

けれど、ウソ恋人のことは誰にも言わない約束。言ったなら、せっかくの作戦がムダになってしまう。心の中で『ごめん』と百回つぶやく。

「杏にだけ言うね……。前に『好きな人くらいいる』って言ったよね？　あれ、ウソなの」

「うん、知ってた」

「だから、和馬に告白されるまで自分の気持ちに気づかなかったの。でも、その瞬間に大きな謎が解けたような気になった。私も和馬のことが好きだって気づいたんだ」

「……」

「大きな波に襲われた感じで、どうしていいのかわからなかった。杏に相談しようと何度も考えたんだよ。でも、頭のなかが混乱しちゃってできなかった。ごめんね」

本当にごめん。

しばらくの沈黙のあと、「そっか」と口にする言葉のグラムが軽くなっていた。

「はじめて誰かを好きになるときってそうだよね。あたしも昔、同じ経験ある」

「杏もそうだったの？」

「好きって言われてから急に意識してね。そのときは答えられなくて、一日じっくり考えてOKしたことがあるから陽菜の気持ちわかるよ。たしかに誰にも相談できなかったもん」

「そうだったんだ。その人とはそれからどうなったの？」

「すぐに別れちゃった。彼に新しい人ができてね……。結局フラれちゃった。今では、同じ町に住んでいるのかもわからないくらい」

恋は残酷《ざんこく》だ。友達ならいつまでもそばにいられるのに、恋に進んでしまったら最後には別れが待っている。消息を追うことも難しくなるんだ。

恋をしたことに対する罰ゲームみたいにも思える。

「杏もそんなつらい恋愛していたんだね……」

「陽菜もがんばって。これから新しい世界が見えてくると思う。邪魔しちゃ悪いからあまり口出しはしないけれど、なにかあったら相談して。応援してるからね」

そう言ってくれた。お礼を言おうとする前に、杏がまた口を開いた。

「それでね、今度はあたしからのお願いがあるんだけど」

急に上目遣いになる杏に首をかしげる。

「あたしが好きな人、知ってるでしょ？　そう、蓮司《れんじ》くん」

クイズの問題と答えを同時に言った杏にいやな予感がした。

なにか口をはさもうとする前に、グイと顔を近づけてくる。

「今度は、あたしの片想いに協力してほしいの。それも、確実にかなうように」

「ええ⁉」

「お願い！　幸せ絶頂期なんだからいいでしょ。ちなみにこれはクラスの子には秘密だから。バレたらなに言われるかわかんないもん。陽菜を見てて思ったの。あたしだってまわりに遠慮《えんりょ》している場合じゃない、って」

本気なのが伝わってくる。あいまいにうなずく私に、杏はやっと顔を元の位置に戻してくれた。

「和馬くんにも協力してもらっていいけど、蓮司くんにだけはバレないようにね」

そう断言すると「よろしく」と、言い逃げスタイルで教室を出ていってしまう。

恋愛には、ウソや内緒ごとが多いんだな……。

呆然《ぼうぜん》とした頭でそんなことを思った。


自転車で一気に下山すると目の前に小さな駅舎がある。天竜浜名湖鉄道《てんりゅうはまなこてつどう》にある寸座駅《すんざえき》は無人駅。

三十分に一度来る列車は、登下校時間はこみ合うけど基本的には閑散《かんさん》としている。

自転車通学だからあまりホームに立つことはないけれど、たまに行くと、眼下に広がる浜名湖と空に吸いこまれるような気分になる。

ホームのはしで長い影と一緒に和馬は立っていた。

「蓮司、法事が終わって、今ちょうど電車を乗り換えたとこだって」

メッセージのやり取りをしているのだろう、スマホをするすると操作する動きに合わせて、線路まで伸びた影も一緒に動いている。まるで影絵みたい。

「今日は大変だったな」

送信ボタンを押したのか、スマホをポケットにすべらせて和馬が言った。

「そっちも大さわぎだったじゃん」

「まあ、ほとんど『うるさい。ほっとけ』しか言ってないけどさ。陽菜は昼休みに集中砲火を浴びてたんだろ？」

「ひ、陽菜!?」

呼び捨てに驚く私に、和馬はわざとらしくため息をつくと、もう一度スマホを取り出した。

「約束したろ、ほら」

画面には一カ月かけてふたりで決めた『ウソ恋人のルール』が記されている。

第一条の『ウソ恋人の契約期間は卒業まで』にはじまり、第十条まで続いている。そのなかの第九条に『おたがいの名前を呼び捨てにする』と記載されている。

「わかってるよ。ただ、慣れてないからさ」

「自分は前から呼び捨てのくせによく言うよ」

喉《のど》の奥で笑う和馬は、あいかわらず笑顔が不自然だ。でも、私だけに見せてくれる笑みって、なんだかうれしいな。

って、今はそれどころじゃない。蓮司が来る前に杏のことを伝えなくちゃ。

協力要請について話をすると、どんどん和馬の顔色が青くなっていき、最後は口をあんぐりと開けた。

「桜木《さくらぎ》さんって蓮司のこと好きだったのか⁉」

「え、そっち？　杏の片想いは有名だよ。とっくに気づいてると思ってた」

「いや、興味ねーから」

それもそうか、と納得しつつ先に進めることにした。

「とりあえずなにか協力しないといけなくなったの」

「俺には関係ないだろ？」

「あるに決まってるでしょ！　ウソ恋人にならなかったらこんなことにならなかったんだもん。協力してもらうからね」

部活帰りの生徒がはしゃぎながら駅に入ってきたので声をひそめる。このままだとケンカしているみたいに思われそう。

「そんなこと言われてもなぁ……。こういう恋愛事情に巻きこまれたくないからウソ恋人の契約をしたわけだし。本末転倒じゃん」

「私だって同じだよ。でも杏はきっと本気なんだと思う。お願いだから協力してほしいの」

穏やかな声を意識するけれど、和馬はムッとした表情を隠そうともしない。

「忙しいからムリ。土日だけじゃなくて平日もバイト入んなきゃだし」

「ああ、グラニーズバーガーだっけ？」

天竜浜名湖鉄道の駅舎に隣接されているバーガーショップが和馬のバイト先だ。こんなに勉強漬けなのに、よくそんな体力があるものだ。

「今年はうちの高校、新入生入らなかっただろ？　そのせいで人手が足りないんだよ。蓮司も部活が忙しくてあんまシフトに入ってくれないし。だから、無理」

当たり前のように言う和馬に、「うう」と考える。でも杏の協力はしないと……。

「じゃあさ、例えばダブルデートとかは？　杏、浜名湖パルパルに行きたいって前に言ってたんだよ」

西部にある市内唯一の遊園地の名前を挙げてから、ハッと気づく。それじゃあ私も一緒に和馬とデートすることになるのでは？　さすがにそれはやりすぎな気がする。

「いや、今のはナシで。ほかの案を考えるから待って」

訂正《ていせい》する私に和馬が「いや」と声のトーンを少しあげた。え、と見ると和馬はニッと笑い返してきた。

「いいんじゃね？」

「……いい？　それって――」

「浜名湖パルパルってむかーしに行ったきりだから、久々に行ってみたいし。その作戦、乗るわ。ダブルデートも悪くない」

意外な展開に絶句していると、レールの響く音がかすかに聞こえきた。緑の木々が作るトンネルからライトをつけた列車が入ってくると、私たちの影は消えた。

ホームにひょいと降り立った蓮司が長い手を挙げた。

「いやーつかれた。法事って正座しっぱなしだから大変だよなあ」

ニコニコと和馬に話しかけた蓮司が、ようやく私に気づき目を丸くした。

「あれ、なんで陽菜まで一緒なの？　まさか、君たちつき合ってたりして」

あははと笑う蓮司に、私はなにも言えない。

ドアが閉まり走り出す列車が、駅にあった光をうばいさった。

「じつは……そうなんだ。陽菜とつき合うことになった」

となりでそう言う和馬の横顔も、まだ冗談だと思って笑い続ける蓮司の顔も、私は見ることができなかった。


お父さんからの着信があったのは、夕飯の準備をしているときだった。

今日はお母さんの夜のバイトは定休日のためお休み。

「みそ汁に火をかけてくれる？」

お母さんの声に「わかった」と答えてスマホを部屋着のポケットにしまった。あとで折り返せばいいか。

鍋《なべ》にはみそ汁と肉じゃがが入っている。冷蔵庫にはお刺身も。

食事中の会話はお母さんがお店でのこと。私が学校でのこと。

どちらにしても世界のせまい話ばかりだ。それでも、お母さんの店が定休日じゃないとふたりで夕食をとることはないので、私にとって貴重な時間だ。

「あっ、そういえば閉校になるって聞いたわよ」

じゃがいもをほおばりながらお母さんが思い出したように言った。

「へイコー？」

「高校が閉鎖になるってこと。お客さんから言われてビックリしちゃった。なにか書面とかもらわなかったの？　保護者の説明会はないの？」

「あ、ごめん。おたよりもらってた、あとで渡すよ」

「まあ」とお母さんは肩をすくめた。

「なるようになるわよね」

基本、あっさりとしたお母さんの性格を私は確実に受けついでいる。高校が閉鎖になるのは卒業と同時の話だし、和馬が言うように母校がなくなってしまうことくらいしか影響しないだろうから。

ふいに和馬の顔が脳裏《のうり》に浮かんでブンブンと首を横にふった。演技でつき合っているだけなのに、ウソの設定を言い続けたせいか、今日はずっと頭から離れてくれない。

「ごちそうさまでした」と手を合わせ、考えをふりきるように食器をシンクへと運ぶ。

お母さんはそのままソファでごろんと横になった。テレビを見ながらウトウトするのが、休みの日の定番だ。

食器を洗っているとポケットのスマホがまた震えた。手早く洗い物をすませ、二階にある自分の部屋で確認すると、二回目のお父さんからの着信履歴が表示されていた。

「めずらしい」

これはなにか緊急の用事なのかも。最後にお父さんと電話をしたのはいつだったっけ？

たしか……お正月の挨拶《あいさつ》が最後かも。

小さい頃は隔週《かくしゅう》で会っていたけれど、だんだんと頻度《ひんど》が少なくなっていた。会いたくないわけじゃないけど、勉強が忙しかったし……。

だんだんと距離が離れ、今じゃ顔も見えないくらい遠くにいるみたい。


『浜名湖パルパル』は、私が生まれるずっと前から浜松《はままつ》市にある遊園地。

園内はそれほど大きくないけれど、浜名湖沿いという好立地で、空と湖の青にはさまれているみたいで好きだった。

とはいえ、中学生になってからは行っていなかったので、久しぶりに園内に足を踏み入れたことになる。

記憶のそれより小さく感じるのは私が大きくなったから。乗り物や壁の色がうすく感じるのは天気のせい。

日曜日である今日は、曇が低い天井を作っていて園内は空いていた。天気予報は曇りのち雨。降水確率40％。

「せっかくのデートなのに。ああ、他の日は毎日雨でもいいから、今日だけは晴れてください！」

空に向かってお祈りをする杏は朝からテンションが高い。

前を行く蓮司と和馬も楽しそう。蓮司がなにか言ったと思ったら、となりの和馬がおかしそうにゲラゲラ腰を折って笑っている。

……蓮司といるときは楽しそうなんだね。

へんな感想が頭に浮かんでしまい、あわてて打ち消す。あくまでウソ恋人として演じているのに、なりきるにもほどがある。

しっかりしろと自分に言い聞かせていると、

「ね、陽菜」

となりを歩く杏が言った。ブルーのワンピースが明るいイメージにピッタリだけれど、メイクがやや濃いところに気合いが表れている。

「このダブルデートはあたしにとってすっごく大事なことってわかってるよね？　陽菜が想像しているの何倍もの大チャンスなんだよ」

そう言った杏が前のふたりに聞こえないように声をひそめる。

「だからさ、お願い。なんとかして」

なんとかして、と言われても……。

「じゃあさ、たとえば……乗り物に並んで座るとか？」

「それいいね。陽菜だって和馬くんのとなりで乗りたいもんね」

そう言われると返事に窮《きゅう》する。べつに乗りたくなんかない、でも乗らなくちゃいけない。

久しぶりの遊園地を楽しんでいる余裕は、どうやら私には与えられないようだ。

ヘラっと笑った私が同意したと思ったのか、杏は「よろしくね」と目を細めた。けれど頬《ほお》のあたりがキュッと引き締まっている。友達だからわかること。強気なことを言っていても、かなり緊張しているんだろうな。

そうだよね、私も友達として協力はしなくちゃいけない。

バイキング、と呼ばれる乗り物に到着する。大型の船がブランコのように前後に揺れる乗り物だけど、近くで見ると海賊船《かいぞくせん》とは言えないほど小ぶりな船だった。それでも座席ははしっこの席でも四人は座れる。

係員の女性にうながされ、蓮司が乗りこむ。続こうとする和馬の腕をとっさにつかんだ。いぶかし気に眉《まゆ》をひそめる和馬を無視して、杏の背中をポンと押し先に行かせた。これで蓮司のとなりに座れるはず。

「なんだよ」

不機嫌そうな和馬は、まだ意味がわかっていない様子。

「ちょっとだけでいいから杏に協力してあげて」

「協力？　あ……そっか」

ようやく今日のダブルデートの目的を思い出したらしいけれど、

「俺だって蓮司のとなりがいいのに」

なんて不機嫌そうになっている。子供じゃないんだから。

「こっちだって恋人同士の設定なのを忘れてない？　となりに座るのが普通でしょ」

まだなにか言いたそうな和馬だったが、渋々乗りこんでくれた。

蓮司は気にする様子もなく、

「すでに高い！」

なんてはしゃいでいる。杏は、と見れば真っ赤な顔をしてうつむいてしまっている。せっかく蓮司が話しかけてくれているのに、カクカクとぎこちなくうなずいているだけ。

「ね、桜木さんは高いところは平気なの？」

「……うん」

「ほら見て、浜名湖がきれいだよ」

「……はい」

ちょっと、これじゃせっかく協力したのに意味がないじゃない。さっきまでの勢いはどこへ行ったの？

となりではまだ和馬が不機嫌を顔にはりつけたまま。

「笑って」と言うと、鬼みたいな顔をするし。

「いつからそんな不機嫌なわけ？」

「不機嫌なわけじゃない。おもしろければ笑うし、おもしろくなければ笑わない。それだけ。俺から言わせれば、ヘラヘラ愛想笑いしてるほうが不自然だ」

心を許した人にしか本当の笑顔は見せないんだろうけれど、もう少し愛想よくしたほうがいいと思う。

「海賊船の旅がはじまります。皆さん準備はＯＫですか？」

係員のアナウンスに、

「ＯＫ！」

元気よく答えたのは蓮司と、中央付近に座っている親子連れの男の子だけだった。

ブザー音が響き、船がゆっくりとふり子のように動き出す。

「むしろそっちはどうなの？　いつも笑ってるけど」

和馬の声に私は首をかしげた。

「そんな私って笑ってる？」

「ああ。見るたびにニコニコしてる」

「そうかな？　でも、話をしていると楽しいし、勝手に笑顔になっちゃうんだよね」

ニカッと笑ってみせると、なぜか和馬は首を横にふった。

「俺からすれば、無理して合わせているときも散見されるけどな。特に女子の集団にいるときとか」

「ああ、たしかにそういうときも……ある、かも」

「俺たちは、顔に出ているかどうかが違うだけで、どこか似ているのかもな」

船の揺れが大きくなり、視界の先に広がる浜名湖が近くなったり遠くなったりしている。顔に全力でぶつかってくる風から逃げるように横を見ると、和馬はあごをあげ目を閉じていた。それがあまりに気持ちよさそうに見えたので真似《まね》してみる。

鼻から大きく息を吸って肺に空気をいっぱい入れると、たしかに気持ちがいい。曇り空なのに青い夏のにおいすら感じる。

和馬と同じ空気を感じていることがうれしいのは、遊園地という普段はいない場所にいるからだよね。そうに決まっている。

次の乗り物へ向かう道すがら、和馬は私のとなりを選んでくれた。前を行くふたりは、やはり一方的に蓮司ばかり話しているが、少しずつ杏にも笑顔が見られる。

遊園地ってやっぱり気持ちが高揚《こうよう》するように作られているんだな。園内に流れる音楽に合わせて足取りもどこか軽やかになっていく。

園でいちばん高い乗り物は観覧車だ。浜名湖の空、という意味で『コクー（湖空）』と名づけられているらしい。

乗り場が近づくにつれ、思った以上の高さに口をぽかんと開けてしまう。

まるでラスボスが待ち構えている高い巨大な建物みたい。煙のような灰色の雲が上層部を守っている。

「ラスボスが待ってそうだな」

和馬がひとりごとのようにつぶやいたので驚いた。

同じこと考えていたんだ……。とっさに言葉を返せないでいると、前を歩く蓮司がふりむいた。

「ラスボスってなんだよ。小学生みたいじゃん」

「うるせーよ」

挑むように言うと、和馬がガシッと蓮司の首に腕をからめた。

「ひゃあ。助けて！」

「じゃあ黙ること。いいな？」

「わかったわかった」

腕を解いた和馬がおかしそうに笑みを浮かべている。男子同士のじゃれあいをほほ笑ましくながめる私に、蓮司が「そうだ」と視線を向けてきた。

「ところでさ、ふたりって本当につき合ってるの？」

「……え？」

「まだ実感ないんだよねー。ほら、ふたりってさ、恋人宣言してからも特になんも変わらないから」

突然のことすぎてすぐに返事が浮かんでこない。なんとか言葉を探そうとするけれど、なんでこういうときって頭が真っ白になっちゃうんだろう。

「あたしも同じこと思ってた。恋人っぽい感じがしないいんだよね」

杏まで同意してるし。これはヤバすぎる状況だ……。

どうしよう、とうつむいて足元を見つめる私に、

「なんだよ、それ」

和馬の笑い声が降ってきた。見るとぎこちない笑みを浮かべた横顔がある。

「友達の前でラブラブをアピールするやつらなんて、ただ見せつけたいだけじゃん。そう

いうカップルって、たいていすぐに別れちゃうだろ？」

　思い当たる例はいくつもある。前のふたりも同じらしくうなずいている。

「そんなことで疑うなんて、蓮司も桜木さんもまだまだ子供だな」

　左手になにかが触れた。

　見ると和馬の右手が私の手をにぎっている。

　息を呑《の》む私にかまわずさらにギュッとにぎる和馬。そっか、演じないといけないんだ。

　当たり前の表情で寄り添うと、蓮司は口笛を吹いてまた歩き出した。杏は手をつないでいることに気づきもせずに、蓮司についていってしまう。

　和馬が私の耳にすっと顔を近づけてくる。

「仮にも恋人同士の設定なの忘れてない？　手をつなぐのくらい普通だろ」

　さっき私が言った言葉を真似《まね》てくる和馬。

「うん…だよ、ね」

　なんで顔が赤くなっちゃうの？　平気なフリをするには声も上ずっているし。

　再度歩き出せば、伝わる掌《てのひら》の温度がリアルだった。

　気づかなかったけれど、和馬の手って大きいんだな……。太い血管が走っていて、Tシャツからのぞく腕にはこぶのような筋肉がたくましい。

汗ばんでしまいそうな手から意識を逸《そ》らすために風景に目をやるけれど、心臓の音が手を通じて和馬に聞こえてしまいそう。

そっと横顔を見ると、和馬の表情から笑みは消えていた。

そう、さっきの笑顔も演技だもの。きっとこんなことやりたくないんだよね。

私だって同じのはず。

これは恋じゃないんだって言い聞かせた。なのに、手の熱は逃げていってくれなかった。

観覧車に乗るときに離された手にようやくホッとして、同時に少しのさみしさを覚える。

ああ、また感情がおかしくなっている。

ブンブンと頭をふって『ウソ恋人』の設定をおさらいした。

ゆっくりと上空に向かい大きな弧を描きながらのぼっていく観覧車。どんどん遠くなるアスファルト、どんどん近くなる曇天《どんてん》。

「あー、今日はバイト休みにすればよかったよ」

せまい観覧車のなかで思いっきり背伸びをした蓮司に、

「だから言ったろ。なにも今日入らなくってもいいのに」

不満げに和馬が言う。

「しょうがねーじゃん。翠《みどり》さんの命令なんだし」

初登場の名前にピクリと反応したのは杏だった。チラッと私に視線を送ってきたのは、私が質問しろってことだろう。はいはい、わかっていますよ。

口を開こうとすると、「あ」と和馬が短く声をあげた。

「蓮司、桜木さんに話があるんだろ？」

「あ、そうだったそうだった」

蓮司が体ごと杏に向いた。まるでプロポーズみたい。って、違うよね……？

急展開にドキドキしながら杏を見ると、硬直していた。口を一文字《いちもんじ》に結んでて、息をしているのか心配になるほど。

スッと息を吸った蓮司の口が開いた。

「桜木さん、俺と一緒にバイトをしてください」

ん？　と眉《まゆ》をしかめてしまう。まだ杏はフリーズ状態のままだ。

「うち、バイト足りなくってさ。体験入店する人を募集してるんだよ。桜木さんなら成績もいいからちょっとくらいバイトしてもいいんじゃないかって、和馬と話し合ったわけ」

ニヤリと決め顔の和馬が身を乗り出して、杏に顔を近づけた。

「てことで、こいつが選んだのは桜木さんなわけ」

「あたしに……」

目に光を取り戻した杏が、蓮司を見つめた。

「うん。他の女子には声かけてない。体験入店してみて、嫌だったらやめても――」

「やります」

言葉を遮《さえぎ》るように返事をした杏は、今度は感動の涙を流しそうになっている。

「ちょっと待って。少し考えてからでも返事はいいんじゃない？」

アドバイスを送る私の声なんて聞こえてないみたい。

今度は蓮司に「ねえ」と声をかけてみる。

「そんな急いでないんでしょ。親の許可とかだって必要だしさ」

「まあそっかー」

よし、と思っていると杏は「大丈夫」と私に言った。

「ちょうどバイトしようと思ってたところなの。親にも許可取っているから大丈夫だよ」

ウソばっかり。

けれどここで指摘するのははばかられる。曖昧《あいまい》にうなずく私に、杏の目がなにか思いついたように大きくなった。ゆっくりと私に合う焦点に嫌な予感しかない。

「決めた。体験入店は、あたしと陽菜のふたりでするよ」

「え⁉」

のけぞる私のことなんて無視して杏はうなずいている。

「陽菜も『和馬くんと一緒にバイトしたい』って言ってたから、ちょうどいいじゃない」

そんなことひと言も、ひと文字も言ったことありません。

「そうだったんだー。じゃあそれでいいよね、和馬？」

蓮司が最終確認のように聞いた。

私と同じように戸惑う和馬に、最後の望みを託す。

どうか断って！　そうだよ、『恋人と一緒に働きたくなんかない』。そう言えば解決するんだから。

願いもむなしく、

「それもいいかもな」

煙《けぶ》る浜名湖に目をやったまま、和馬が言った。

唖然《あぜん》とする私に、うれしそうに手をたたく音がする。

「なんだか楽しい夏になりそうだね」

にっこり笑う杏の向こうで、雨が降り始めていた。

寸座駅の近くにある喫茶店《きっさてん》は『サンマリノ』という。

子供のころからお父さんがたまに連れていってくれたお店で、ここの手作りプリンを食べるのが楽しみだった。

両親が離婚してから、定期的にお父さんと会う日は、たいていサンマリノからスタートする。幼かった私は、お父さんがいなくなったことよりも、プリンを食べる機会が増えたことが、少しだけうれしかった記憶がある。

日曜日の今日は、朝から履歴書《りれきしょ》を書いていた。

これもぜんぶ杏のせい。蓮司のせい。和馬のせいだ。

もちろん体験入店だから簡単に書けばいいと言われたけれど、やるからにはちゃんとしたい性格のせいで、三回も書き直してしまった。

なんとか書き終え、サンマリノに到着したのは約束である午前十一時半の五分前だった。

天気予報どおり、今日は一日雨が降り続くらしく、肩がぐっしょり濡れてしまった。

お父さんに会うのは久しぶりだ。先日の着信に折り返した私に、お父さんは今日ここで会いたいと言っていた。なにか話があるとか言っていたけれど、なんのことだろう。

入店すればドアベルのカランコロンという音すら懐かしい。

この週末は久しぶりのことが重なっているな、なんて思いながら窓側の席を見る。前に会ったときよりも少しお父さんはやせていた。私に気づき、ぎこちない笑みを浮かべる。

同じように私もほほ笑み返そうとして固まってしまった。

それは、お父さんのとなりに知らない女性が座っていたから。

……誰？

お父さんの知り合いがたまたま来店していたとか？

そんな推理は、その女性が私を認め立ちあがるのと同時に消えた。

両手を前で組み、私に向かって静かに頭を下げたのだ。長いストレートの黒髪がさらりと波のように揺れた。

モスグリーンで統一したジャケットとスカート、白シャツがわずかに覗《のぞ》いている。

「今日はわざわざごめんな。細谷菜々緒《ほそやななお》さんです」

上ずった声のお父さんを見て違和感を覚えた。いつものポロシャツ姿ではなく、紺《こん》色のスーツを着ている。

……お見合い？

そのワードが頭に浮かんだとたん、お父さんが今日私を呼んだ理由がわかった気がした。

「あ……。戸綿《とわた》陽菜、です」

同じように頭を下げてから座る。細谷菜々緒さんは、腰をおろしてからもう一度お辞儀《じぎ》をした。

第一印象はすごくきれいな人。目が大きくて鼻もすっと通っている。だけど薄化粧《うすげしょう》のせいか、どこかはかなげな印象だ。

「細谷菜々緒です。よろしくお願いいたします」

やわらかくもしっかり耳にとどく声だった。あまりじっと見つめるのも変なので視線を移すと、お父さんはグラスに入った水を一気にあおっている。

ああ、やっぱりそういうことか……。

きっとお父さんの彼女なんだ。私に報告するために呼んだのだろう。なんとなくつき合っている人がいることはお母さん伝《づた》いでは聞いていた。けれど、直接言われたことがなかったし、聞く機会もなかった。

久しぶりに会ったマスターがグラスに入れた水を運んできたので、挨拶《あいさつ》を交わしてから、アイスコーヒーとプリンを頼んだ。

やたら咳払《せきばら》いをしているお父さんが居住まいを正すのを見て、私も背筋を伸ばした。

「陽菜に紹介したかったんだ。細谷菜々緒さんです」

それはもう聞いたよ、とツッコミたいけれど我慢してうなずく。

「じつは……。今、おつき合いをさせてもらっているんだ」

やっぱり、と思いながらも口のはしに意識して笑みを浮かべた。じゃないと、複雑な気持ちがバレてしまいそうだったから。

「そうなんだ」

なんでもないような口調で言うと、菜々緒さんは体を小さくして「はい」と言った。

お父さんの年齢はたしか……四十二歳。でも目の前にいる菜々緒さんはどう見ても二十代半ばくらいに見える。

「おつき合いをしてから一年になるんだ。もっと早くに伝えようと思ってたけど、なかなか勇気が出なくて。すまんな」

もう一年もつき合っているなんて全然知らなかった。それくらいお父さんのことなにも知らないんだな、と思った。さみしいとかじゃなく、改めて思った感じ。

続きの言葉を待っている私に、

「すまん、トイレ」

六文字の言葉を残してお父さんは席を立った。そうとう緊張しているのだろうけれど、初対面の私たちを残していくなんて。昔から『気が利《き》かない』ってお母さんに散々言われていたっけ……。

あのころはお父さんに対する情けない気持ちと、不機嫌なお母さんを見るのが心底嫌だったのに、今となってはそれすらも貴重な家族の思い出になっている。

「陽菜さん」

懐かしの記憶の再生は、菜々緒さんの声に中断された。なにか一枚の紙を差し出している。受け取るとそれは名刺だった。

【株式会社スーツビレッジ浜松店　店長　細谷菜々緒】

その下には、浜松駅前にある浜松百貨店の住所が記されている。

「七階の紳士服売り場にあるお店で働いているんです」

菜々緒さんは言った。

紳士服売り場は行ったことがないけれど、店長さんなんだ。名刺の裏には手書きで携帯電話の番号が書かれていた。顔と同じで美しい文字だと思った。

さっきの履歴書に書いた自分の文字を思い出してため息をつくと、

「ごめんなさい。久しぶりに会う日なのに急に押しかけてしまって……」

敏感に反応する菜々緒さんにあわてて手を横にふった。

「違うんです。そういう意味じゃ……」

「あ……はい」

「……はい」

よくわからないうなずきをおたがいに返していると、ようやくお父さんが戻ってきた。同時にアイスコーヒーとプリンも運ばれてくる。

「ということなんだ」

席に着くなりそう言うお父さんに苦笑すると、同時に覚悟が決まった。ここは私がちゃんと対応しないとダメなんだ。

いわば昨日の遊園地の続き。ちゃんと自分の役割を演じることで、この時間をやりすごす。いつもそうやってきたんだからできるはず。

すう、と息を吸ってから口を尖らせた。

「なにが『ということなんだ』よ。びっくりするじゃん」

口ごもるお父さんから菜々緒さんに視線をやる。さりげなく、自然に。

「まさかお父さんに恋人がいるなんて、びっくり。しかも、こんなきれいな人だなんて」

おどけてみせると、彼女は恥じるように目を伏せた。お父さんはまんざらでもなさそう。

「紳士服売り場の店長さんなんだってね。お父さん、やるじゃん」

さっきもらった名刺を確認しながら言った。

「そうだろ」

ニヤリと笑うお父さんは、改めて観察すれば少し若返ったかもしれない。最後に会ったときも一瞬そんなことを思ったはずなのに、気のせいだと思っていた。

それよりお母さんになんて言えばいいんだろう。笑顔の裏でそんなことを考えていると、お父さんがすっと真顔に戻った。

場の空気がふいに変わった気がした。菜々緒さんも同じように緊張した表情になる。

そこで気づく。わざわざ親子の再会を望んだということは、大事な話があるということだ。今のがそうだと決めつけていたけれど、続きがもっとあるのかもしれない。

あ、これはヤバいやつだ……。

気づいたときにはお父さんが「陽菜」と私の名前を呼んでいた。

心の準備をする前にお父さんは言った。

「じつは、菜々緒さんと結婚しようと思っているんだ」


雨は町の色を流し、世界はグレーに沈んでいる。

『送っていく』と言うお父さんをなんとか断り帰る道。さっきまで右側に見えていた浜名湖はもう見えず、まばらな民家が続いている。

降り続く雨が強さを増し、コンビニに逃れることにした。

電子音のチャイムを耳にうつむき加減で店内に入ると、一時停止していた思考が動き出すのがわかった。

私は最後まで笑えていたのかな？

結婚の文字が出たときに、動揺《どうよう》した顔を見せていなかったかな？

……うん、大丈夫だったはず。お父さんの衝撃の発言にも笑顔で賛成できたと思う。

きっと、たぶん、おそらく、それなりに。

コンビニの店内にも雨のにおいが侵食しているみたい。トイレを借りて濡れた服をハンカチで拭いた。

心のなかを覗けば、疑問だらけの私がいる。

——どうしてお父さんは、また恋をすることができたの？

——離婚まで経験したのに、なぜまた結婚したいと思えるの？

——菜々緒さんは、年上すぎるお父さんをなんで好きになったの？

ため息とともに、疑問を捨てるとトイレを出た。さっきよりもまぶしく感じるＬＥＤに目を細めながら雑誌コーナーの前へ。

おしゃれな女性雑誌の表紙にはきれいなモデルが映っていて、『最新、秋のコーデ特集』と大きな文字で書いてある。まだ六月なのに雑誌は気が早いな、とその下の文字を見ると、『モテる女性になるために』という目立つ赤い文字が見えた。

恋愛至上主義はメディア協力の元、作られているのかもしれない。

そもそも『好き』ってどういうことなのだろう。あまりにもスタンダードな話題すぎて、今さら聞くこともできない感じで毎日がすぎていく。

ポケットのなかから名刺を取り出す。雨のせいで手書きの番号が滲《にじ》んでしまっている。

――菜々緒さんに聞いてみようかな。

一瞬浮かんだ考えをすぐに消去し、スカートのポケットに名刺を押しこむ。

なに考えているんだか。一度しか会っていない人に、そんなことを聞けるわけがない。

それに、彼女はお父さんの恋人。いずれ再婚する相手となる人だ。

「もう帰ろう」

言葉にすることで自分を奮《ふる》い立たせる。こんな日曜日のことはさっさと忘れてしまうに限る。

お茶を買ってコンビニを出ると、雨の向こうから自転車に乗った男子が向かってきた。

派手に水しぶきをあげて停車した黒いレインコート姿の男子。その顔を見て驚く。

「和馬?」

自転車をおりた和馬が、

「よお」

となんでもないように言うとスタンドを立てた。フードを取った顔は雨でびしょびしょに濡れている。

「こんな雨の日に自転車なの？」

「陽菜は歩き？」

質問に質問で返すと、和馬は「待ってて」とコンビニに入っていった。

あっけにとられている間に和馬は戻ってきた。手には食パンが一斤《きん》にぎられている。

持参したエコバッグにぽいと落とすと、

「明日の朝のパンがないから買ってこい、って言われてたの思い出したんだ」

と和馬は言った。

なるほど、朝は食パン派なんだ。

「今日はバイトだったの？」

と聞いてから、すぐに違うと思いなおす。まだ昼すぎだから、ひょっとしたらこれからバイトなのかもしれない。

案《あん》の定《じょう》、和馬は「いや」と軽く首を横にふった。

「バイトなのは蓮司のほう。今まで蓮司ん家《ち》でゲームして遊んでた」

「ほんと、ふたりって仲がいいよねー」

「普通じゃね？　おばさんとも仲がいいし。しょっちゅうＬＩＮＥし合ってる」

「そうなんだ。私は杏とは休みの日はたまにしか会わないよ」

電話やメールはするけれど、昨日の遊園地が久々にプライベートで会った日だった。

「昨日はありがとうね。杏、すっごくよろこんでたよ」

言い忘れていたお礼を伝えると、意外にも和馬は穏やかな顔をしていた。

「たまにはいいよな。浜名湖パルパルなんて久しぶりだったし、蓮司と一緒に行ったのははじめてだったから楽しかったよ」

「うん」

「しかし陽菜も災難だよな。体験入店までつき合うことになってさ」

ククと喉《のど》の奥で笑う和馬をにらみつけてやる。

「そっちが勝手に杏を誘ったんでしょう？　最初から聞いていれば対処できたのにさ。そもそもなんで蓮司が杏を指名したわけ？」

「だって桜木さんの片想いに協力する、って言っただろ？　バイトの体験入店を入れることになって、真っ先に思い出したわけ。で、俺がさりげなく桜木さんの名前を出したって流れ。蓮司は自分のアイデアだと思っているだろうけどな」

和馬は頭がいいんだろうな。私だったらすぐにボロが出てしまうだろうに、うまく蓮司自身が推薦《すいせん》したかのように思わせたんだ。

「それはありがたいけどさ……。うち、親にもまだ許可取ってないんだよね」

「体験入店だけで辞めればいいんだし、あまり深く考えなくていいよ」

困ったような顔で店の軒先《のきさき》からしたたり落ちる雨を見る和馬。ウソ恋人になってから和馬の横顔を見る機会が増えた。

無表情だと思っていたけれど、本当は違うと気づいた。今だって、やさしい目で雨をながめている。

雨が少し弱まってきたみたいだ。線のようで目をこらさないと確認できないほど。

コンビニを出た先にある交差点を左に曲がれば私の家の方角、右に行けば和馬の家の方角。傘を差し歩き出すと、和馬も自転車を押して横に並ぶ。

なんだか不思議だ。

高校二年生になってからまだそんなにたっていないのに、いろんなことが起きている。

親友は恋に向かって行動をはじめ、私はその共犯。お父さんは結婚を前提とした恋人ができ、私にはウソ恋人がいる。さらに、高校が私たちの卒業を最後に閉校になってしまう。

自分でもよくわからない展開だけど、これが人生なのかも。

「それで？」

となりを歩く和馬が前を見たまま言った。

「なにが？」

「なんで元気がないわけ？」

交差点で足を止める。いや、勝手に止まった感じ。

レインコートのなかで和馬がまっすぐ私を見ている。

「なんかあったんだろ？　そんな顔してる」

思わず傘を持っていないほうの手で、顔を触ってしまった。

「…なんでも、ないよ」

ごまかすけれど、なんでもあると言っているようなものだ。なにも言わない和馬に傘で顔を隠した。

和馬に話をしてもしょうがないこと。わかっているのに、わかっているのに。

「うち、両親が離婚してるんだよね。今はお母さんと暮らしてるの」

そう言っていた。言いたい自分がいた。

「へえ」

傘のせいで和馬の表情はわからないけれど、ぶっきらぼうな口調なのに、いつもより温度があるように感じる。

「たまにお父さんと会う日があって、それが今日だったんだ。全然知らなかったんだけど、つき合っている人がいたみたいで紹介されちゃってね。再婚を考えているんだって」

再び強さを増した雨が、ボタボタと傘に落ちてくる。

和馬の濡れた靴先《くつさき》は私に向いたままだ。サンマリノでのことをひと通り話すと、

「複雑だよな」

そう和馬が感想を言った。

「うん」

「でも、単純だよな」

「え？」

傘をあげると、和馬はやさしい目をしていた。

「お父さんには幸せになってもらいたい。だけど、再婚するのには素直に賛成できない。きっと、陽菜はお父さんのことが好きなんだよ。だから戸惑っている」

なぜだろう。その言葉がすとんと心に落ちた気がした。

傘の柄をにぎる力を弱めて、ひとつうなずいた。

「そうかもしれない。離れていても、どこかで家族だと思っているから」

「正しいよ。だからこそ、勝手に決めたことにちょっとムカついてんだよ」

「うん」

「でも陽菜の意志を確認してくれたんだろ？　その菜々緒さんて人、いい人だと思う」

なんで和馬にわかるのよ。ムッとした表情を読み取ったのか、和馬は肩をすくめた。

「今の話だとさ、陽菜のお父さんの性格はやさしくてどこか気弱なイメージ。だとしたら、三人で会うことだって気おくれしてたと思う。きっと、菜々緒さんがお願いしたんだよ」

「…それは、ありえるかも」

「菜々緒さんは陽菜が反対するなら考え直そうと思っているんだよ。だから連絡先を渡したわけ。いい人なんだろうし、こういう予想、間違ったことないんだよな」

自画自賛で終わらせる和馬に、思わず笑ってしまった。

「うちもさ、母親しかいないんだ」

さらりと和馬がそんなことを言ったので、思わず息を呑《の》んでしまった。

「死別ってやつ。といっても去年の話。兄ちゃんがいて、もう働いてるからなんとかなってる」

「…ごめん。知らなかった」

「蓮司くらいにしか言ってないから」

なんでもないような口調に目線が勝手に下を向いてしまう。自分のことばかり話をしてしまって、和馬のことなにも知らなかった。ううん、知ろうとしなかった。

「気にすんなって。みんなそれなりに覚悟ができてたし、別れる準備もできたから。でもさ、陽菜には別れてもちゃんと両親がいる。だったら、今回のことも単純に考えればいい」

「単純に……。それってさっきも言ってたけど、どういうこと？」

「どうもしなくていいってこと。放っておけば勝手に再婚する。どうしても嫌なら、お父さんにでも菜々緒さんにでも電話すればいい。それだけ」

和馬はそう言うと、私の傘を右手で下げて顔を見えなくした。

「照れるから」

なんて声が聞こえる。

少ししか説明をしていないのに、私のことをわかってくれたのがうれしかった。

私はきっと菜々緒さんに連絡をしないだろう。お父さんが選んだのだから私に反対する理由もないし。

単純に考えるなら、お父さんには幸せになってほしい。１００％の純度じゃなくても、主な成分はその気持ちだと思う。

「あ、雨があがった」

和馬の声に、傘が雨音を出していないことを知る。傘をたたむと、グレーの世界のなかで和馬がレインコートのフードを取った。

濡れた前髪から雫《しずく》がぽつんと落ちている。

「ありがとう。なんか元気出た」

「ならよかった」

横顔の和馬が空を見あげている。

「一応、俺は陽菜の恋人役だからな」

やっぱり和馬はやさしい人だ。なのに、なぜか苦いものが口のなかに広がった気がした。

ごまかすように、ため息をつく。

「それにしてもお父さんまで恋をしているなんて思いもしなかった」

そう、これが私の不満だったんだ。

「俺はこういう友達同士の関係がいちばんいいと思うけどな」

「私も。この勢いで、体験入店もがんばるよ」

やっと普段のテンションに戻れた私に、和馬が「麻しん」と言った。

「マシーン？」

「麻しん。別名、麻疹《はしか》」

「子供のころになるやつのこと？　それがどうかしたの？」

急な話題に眉《まゆ》をひそめる私に、和馬は空から私へ視線を落とした。

「恋愛って麻疹みたいならいいのにな、って」

「……どういうこと？」

「いや、なんでもない。とりあえず問題解決ってことで帰る」

言い捨てるように和馬は自転車にまたがるとさっさと行ってしまう。

あっという間に遠くなる背中を見ていると、

「あれ……」

なんだかヘンな気持ちになった。

切ない、っていうのかもどかしいというのか……。

家に帰る道すがら、うしろはふりかえらない。

言葉にできない感情が影になって、私のあとをついてきている。

そんな気がしたから。

3　六月の雨に泣く

天竜浜名湖鉄道《てんりゅうはまなこてつどう》は基本無人駅が多い。が、駅舎のいくつかにはアクセサリーショップや喫茶店《きっさてん》などの店舗《てんぽ》が入っていることは地域でも有名だ。

三ケ日駅《みっかびえき》に入っているのがグラニーズバーガー。駅を利用しない人でも利用できるようになっていて、それほど大きな店ではないのにいつも混んでいる印象。

個人経営のハンバーガーショップで、学生にはやや高めの金額だけどファストフードというのが失礼なほど美味《おい》しい。

その店の裏口で、私はさっきからずっと立ち尽くしている。

約束の九時半になっても杏《あん》が来ないのだ。

「もう、遅刻しちゃうじゃん……」

スマホの画面をつけると同時に、ちょうど杏からの着信がきた。

「杏？　どうしたの、今どこにいるの？」

『ごめん……。風邪《かぜ》引いちゃった……』

ひどいガラガラ声の杏に「え⁉」と驚く。

『昨日から熱があってね、ひどい寒気がするの。朝起きたらよくなってるかもって思ったんだけど、ごめん、行けないや』

急に心細くなるけれど、杏も心配だ。

「わかったよ。バイト終わったらまた連絡するから」

『ほんとごめん。あとさ……変なウワサ聞いたの』

「ウワサって？」

尋ねる私に杏は少し黙ってから答えた。

『なんかね、蓮司《れんじ》くん……そこのバイト先の翠《みどり》さんて人のことが好きみたいなんだよね』

「え、なにそれ」

『前に観覧車で蓮司くん、名前出してたよね。もうショックでさ……』

「そんなのウワサ話でしょ。本当かどうかわからないじゃん」

『教えてくれた人が言うには、『信頼できる情報筋から』なんだって』

消え入りそうな声で言ってから杏は電話を切った。なにその情報筋って……？

キッと自転車のブレーキ音がした。

停車する前にひょいと自転車をおりた和馬《かずま》。

「悪い、待った？」

慣れた手つきで裏口のキーロックを解除すると、中へ入っていく。

「ううん。あの、さ――」

今の電話の内容を伝えようとするけれど、和馬はさっさと中に入っていってしまった。

遅れて入ると、そこは事務室のような場所だった。左に見えるドアの向こうが店内になるのだろう。

和馬は机の上に置いてあった緑色の布を「これつけて」と渡してくる。どうやらエプロンと帽子のようだ。

「奥にロッカーがあるから、荷物はそこに入れて。ネームプレートがはってないところを使っていいから」

エプロンの長い紐をたぐる私に、いつになく早口で説明をしてくる。

「あ、うん……。それより――」

「そこのドアを開けたら手洗い場があるから、三十秒間手を洗って。腕までちゃんとな」

忙しそうに店内へ消える和馬を見送った。

しょうがない。とりあえず着替えるとしよう。奥に行くと、たしかにロッカーが壁際に置かれてあった。それぞれのロッカーにはスタッフの名前がはってある。

『気賀《きが》和馬』『尾奈《おな》蓮司』、あとは知らない名前たち。そのなかのひとつが目に留まった。

――『掛川《かけがわ》翠』。スマホで漢字を確認すると『みどり』と表示された。

ウワサの君は実在するんだ。

ロッカーのカギを締めていると、裏口のドアが勢いよく開いた。

「おはようございます！」

小柄な女子が叫ぶように言いながら飛びこんできた。ショートカットで色白な女子は、私を見るなりパッと顔を輝かせた。

「ひょっとして体験入店の子？」

思ったよりも高い声で、なんだか声優を連想させる。

「わーうれしい！　楽しみにしてたの。ひとり来られなくなったんだってね」

「え……どうして知っているのですか？」

「昨日のクローズのときに電話受けたの私だから。ひどい風邪なんでしょう？」

ちょこちょことロッカーまで行くと、彼女はさっき私が凝視していたロッカーを開けたから驚いてしまう。

「あ、自己紹介してなかった。私、掛川翠。陽菜《ひな》ちゃんとおんなじ高校の三年生。って、ちゃんづけで呼んじゃった。ここ、同じ高校の女子がいなかったからうれしくってさー」

満面の笑みを浮かべる翠さんに「いえ」と首を横にふった。

「戸綿《とわた》陽菜です。今日はよろしくお願いいたします」

できる限り丁寧《ていねい》に頭を下げる。すぐに丸い笑い声が降ってきた。

「やだ。もっと普通にしてよ。覚えるまでは大変だけど、すっごく楽しいから安心してね」

直感を信じるなら、彼女が怖い人には思えない。むしろ愛想がよくて面倒見もよさそうに思える。なんだか急にこれからの時間が楽しみになってきた。

人生はじめてのバイトで緊張するけれど、私には和馬という心強い味方がいる。

仮にも恋人なんだから、彼はきっとやさしく教えてくれるはず。


「だから、最後に『IN』か『OUT』を押せばいいんだよ」

「うん」

「領収書はこのボタン。レシート発行したあとでも出せるけど、その場合はレシートは回収すること。ちがう、そこじゃない」

「あ、そっか。会計は先だったっけ?」

「だーかーらー、イートインはあと会計、テイクアウトは先会計だって説明しただろ。ほら、会計終わったらすぐにアルコールで手指の消毒をする!」

さっきから和馬はイライラを隠そうともせずに指示してくる。いや、教えてくれている。

奥で野菜の仕こみをしている翠さんがチラチラと心配そうな顔で見ている。

それくらい和馬はピリピリしていて、普段に輪をかけてぶっきらぼうで愛想がなくて不機嫌なことこの上ない。

開店十分前、今日の私の仕事は接客対応とのことだった。

「レジの担当させるつもりじゃなかったからできなくても仕方ない。わからなくても笑顔だけは忘れるなよ」

あまりにもエラそうな和馬に思わずムッとしてしまう。

「ちょっと」と翠さんがすっ飛んできた。

「和馬くん、もう少しやさしくしてあげてよ。最初からわかるわけないもんねえ？」

「そうなんです。なのに、この人怖いんです」

泣き真似《まね》をする私に、和馬があんぐりと口を開けた。

「お前……」

「お前なんて言わないでください。このお店って怖い先輩がいるんですね」

ゲラゲラと笑った翠さんが、和馬の背中を軽くたたいた。

「体験入店なんだから、もっとやさしく教えてあげてね」

小柄な翠さんだけど、最初の印象とは違い、しっかりしたお姉さんって感じ。和馬も「わかったよ」と渋々答えている。

和馬が表のドアを開けに行った隙《すき》に、

「あの、今日は蓮司、お休みですか？」

と翠さんに尋ねてみた。

野菜をバットに小分けしていた翠さんの手がピタッと止まった。一瞬だったけれど、それはあからさまな変化だった。

なにか余計なことを言った？　戸惑う私に翠さんが「ううん」と表情をやわらげた。

「今日は遅番なんだ。二時ごろに出勤するよ」

レジの前に戻ろうとする私に「ねえ」と翠さんが声をかけてきた。

「あのさ、いつも蓮司のこと……呼び捨てにしているの？」

その声がさっきよりも低く感じてふりかえると、翠さんはハッとしたように首をふった。

「深い意味じゃないよ。ただ、仲がいいんだなーって」

恥じるように言ったあと、翠さんが入口を見た。女性客が入ってきたところだった。

その向こうで和馬が鬼のような顔で『早く案内しろ』と口の動きだけで怒っている。

あわてて戻り、女性を店内へ案内しながら頭を切り替えた。今は集中しなくっちゃ……。

お水とおしぼりを出す。

しまった。先に店内で飲食するかどうかを尋ねるんだった。

必死で笑みを無理やり浮かべながら、なんとか最初のオーダーを聞くことができた。

ぐったりしてカウンターの中に戻り、和馬にオーダーを伝える。

「了解」

短い言葉で返事したあと、和馬は冷蔵庫からハンバーグを取り出し、大きな鉄板に油を引いた。同時にフライヤーにポテトを落としてタイマーのボタンを押す。一連の流れにムダがなく、さすがやってきただけのことはあるな、と感心してしまう。

学校では知らなかった一面にヘンな感情が生まれている。この間、コンビニで会ったときにも感じたこと。

……なんだか、ちょっとだけかっこいい。

って、それだけだけど。

ドリンクを作りながら翠さんを見ると、トマトを手際《てぎわ》よく切っている。さっき言われた言葉と翠さんが見せた表情は、嫉妬《しっと》だと思った。

翠さんもまた、蓮司に恋をしているひとりなのかもしれない。ああ、杏になんて報告をすればいいんだろう……。

「おい」

急に声をかけられて顔をあげると、初老の男性がレジの前に立っていた。ボーッとしている場合じゃない。

「いらっしゃいませ。店内でお召しあがりですか？」

笑顔で声をかける私に、男性は「は？」と眉《まゆ》をしかめてから、

「ハンバーガー三つ」

と投げやりな口調で言った。

さっき、教えてもらったマニュアルに載っていたことだってすぐに思い出せた。

写真入りのメニューを両手を広げて指す。表向きで、指をそろえて。

「ハンバーガーですと、『三ヶ日バーガー』と『グラニーズバーガー』がございます」

「じゃあそれで」

「……グラニーズバーガーでよろしいですか？」

「そう言ってるだろ」

吐き捨てるように言う男性客からお酒の臭《にお》いがしていることに気づいた。改めて観察すると顔が、首が真っ赤に染まっている。昼にもなってないのに酔っぱらっているんだ……。

「お持ち帰りでよろしいですか？」

「ふざけてんのか？　ひとりで三つも同じ物を食うかよ」

これはマズい流れに乗りつつある。なにか言わなくちゃいけないのに、体中が硬直したみたいに動かない。

とにかく……会計を終わらせないと。

「お会計させていただきます。グラニーズバーガーが三つで三千三百九十円です」

「なんでそんなにするんだよ」

「え、あの……」

「ハンバーガー三つだぞ。ぼったくりかよ！」

ギブアップ……。

怒鳴る声が店内にうわんと響いた。感じたことのない恐怖に、視界がゆらりとゆがんだ。

ああ、泣いちゃうかもしれない。

そのとき、私の肩に手が置かれるのがわかった。

「都田《みやこだ》さん、また飲んでんの？」

ニッと笑みを浮かべる和馬に、男性客が「うっ」とうめくような声をあげた。

「なんだ……いたのか」

「この子、うちの新人の戸綿さん。はじめてなんだからやさしくしてあげてくださいよ」

さりげなく私の前に体を入れると、和馬はカウンターに両手を置いた。

「べつに、俺はなにも――」

「都田さんのお孫さん、遊びに来てるんですよね？　うちのバーガー絶対にうまいからよろこびますよ。今、いくつでしたっけ？」

そう言いながら両手を前に広げる和馬。

「六つになった。次が生まれるから、里帰り中だ」

都田さんは財布からお金を取り出すと素直に渡している。

「かわいいんでしょうね。じゃあ、急いで作るから、大人しくそこに座ってて」

さっきまでの怒りは消えたらしく、都田さんはお釣りを受け取ると、レジの前の椅子《いす》に座った。私を見てなにか言いたげに口を開けるが、すぐに閉じた。

カウンターのなかで調理をはじめた和馬に近づく。

「あ、あの……ありがとう」

「気にすんな。大丈夫か？」

そう言った和馬が白い歯をわずかに見せてやさしく笑った。思わず息をのんでしまう。

「あ…う……ん」

ぎこちなくうなずいて次の言葉を探した。

自分の鼓動がすぐそばで聞こえてるみたいにさわがしくてなにも言えないまま、次のお客さんが来店したので、あわててレジに戻る。頬《ほお》がやけに熱い。

それからしばらくは、客足が途切れることがなかった。不思議なものでやることに徐々に慣れていく自分がいた。

キッチンはハンバーガー類の担当が和馬、サイドメニューは翠さんと役割分担で動いている様子。私はレジ打ち、接客、飲み物の準備だ。

キャッシュレス決済の方法に戸惑ったくらいで、大きなミスもなく昼のピークはいつの間にか終わっていた。

最後の客の見送りをしたあと、時計を見るともう午後一時をすぎている。

「え、そんなに時間がたってたの⁉」

驚きの声をあげる私に和馬がおかしそうに笑った。

「いや、よくやってたよ。正直驚いた」

「ううん、全然……」

「じつは、フロア担当のバイトが急に休んだんだよ。だから無茶苦茶《むちゃくちゃ》になるかと思ってた」

なるほど。どうりで大忙しだったわけだ。

「そうだったんだ。あ、あの……さっきはありがとう」

もう一度、きちんとお礼を伝えた。

「ああ、都田のおっさんか。あの人、俺が怖いんだよ。あっさり大人しくなったから」

「うん。でも、ありがとう」

くり返す私の頭になにかが置かれた。見ると、ミネラルウォーターのペットボトルがのっていた。と、するりと私の手に渡される。

「よくがんばったな。店長も来たから挨拶《あいさつ》してそのまま一時間休憩に入って」

「あ、うん……」

どうしよう、頰がずっと熱いままだ。

気づくと翠さんがいない。そういえばさっき休憩に入るって言ってたっけ……。そんなことも覚えていないほど夢中になっていたみたい。

「裏にまかない食、といってもハンバーガーなんだけど、置いといたから」

——なんだろう。

「最初だからグラニーズバーガーにしておいた。もしバイト続けるなら、ほかのも食えるし、俺のオリジナルバーガーもある」

——胸のあたりにほっこりとした温かさがある。

「おつかれさん」

——この気持ちは、なに？

教えかたはぶっきらぼうだったけれど、仕事中にずっとあったのは安心感だった。和馬のことを、強くてやさしくて頼りになると感じた。

バックヤードへ向かいながら必死で自分に語りかける。

恋じゃない。恋じゃない。恋なんかじゃない。

違う一面を見たせいで驚いているだけ。絶対に誰かを好きになんかならないんだから。

気持ちを落ち着かせ、事務所につながるドアを開ける。

てっきり翠さんがいるかと思ったけれど、長テーブルについていたのは店長の岡地《おかじ》さんだった。三十代前半くらいで色黒の細い男性だ。

「つかれたでしょう、座って」

と、冷蔵庫から三ヶ日みかんジュースのペットボトルを出して渡してくれた。くしゃっと顔にシワが生まれ、それが彼の人の好さを表しているみたいだ。

「ありがとうございます」

パイプ椅子に座ると、岡地さんは緑のエプロンと帽子を手早く身に着けた。

「お友達、風邪《かぜ》引いちゃったんだってね。またいつでも待ってると伝えてくれる？」

「ご迷惑をかけてすみませんでした」

「いいよ、全然かまわない。うちは慢性の人手不足だから体験入店だけでも助かるんだ」

罪悪感にうつむく私に、

「じゃあ、僕は仕事してきますね。掛川さんはコンビニに行ってるけど、すぐに戻ってくるから。まかない食はどれもカロリーオーバーだからって食べてくれないんだよねぇ」

困った笑みを残して岡地さんはドアの向こうへ消えるのと同時に、

「ただいま。めっちゃ暑かったー」

翠さんがコンビニから戻ってきた。エコバッグから取り出したのはサラダとお茶のペットボトルが二本。一本を「はい」と渡してくる。

「これよかったら飲んで。って、飲み物だらけ!?」

すでに手元には和馬からのミネラルウォーターと三ヶ日みかんジュースがある。

「じゃあお土産《みやげ》にでもしてね。どう、つかれたでしょう?」

サラダのパックを開けながら尋ねる翠さんに、正直にうなずいた。

「私も最初のころ、すごく緊張したもん。でも、岡地さんいい人だし、ここで働いてる人もみんないいメンバーばっかりだよ」

サラサラと話をする翠さんは、絶対にいい人だ。

そのときだった。裏口のドアが開くと、

「おつかれです〜」

文字通り、満面の笑みを浮かべた蓮司が突入してきた。

「おつかれさま。蓮司、めずらしく早いじゃん」

翠さんの声に、蓮司は「でしょ」と口をぱかっと開けて笑う。

「あんまりヒマだったから早く来た。てか、家にいるの苦手なんだよね」

そこまで言ってから、蓮司はようやく私がいることに気づいたらしく、

「うわ！」

と声をあげた。

「なんだ陽菜か。そういえば今日、体験入店だったっけ。びっくりした」

そう言ってから、蓮司は翠さんの横の席に座った。

「ねね、翠さん翠さん。僕、ちゃんと頼まれたように体験入店決めてきたっしょ？」

「そうね」

「ひとりはダメだったみたいだけど、陽菜はきっと入店してくれるよ」

その言葉に、食べかけたハンバーガーから口を離す。

「ちょっと待ってよ。まだバイトするとは言ってないもん」

「いいじゃん、決めちゃえば」

ここでうなずいてはいけない、と必死で抵抗する。

「蓮司くん、急ぎすぎないで。今日は特に忙しかったから陽菜ちゃんもつかれてるよね？」

助け船を出してくれた翠さんに「はい」と答えると、蓮司は不服そうに声をあげた。

「なんだよー。せっかく彼氏と一緒のところでバイトできるチャンスなのに」

「彼氏？」

思わず尋ねてしまってから我に返る。そうだった、和馬とはウソ恋人の設定だった。体験入店という非日常な時間をすごしているせいか、失念してしまっていた。

「え、陽菜ちゃんの彼氏が和馬くんなの？」

翠さんが目を丸くして尋ねたので、モゴモゴ口ごもりながらうなずく。

「そうなんだ……」

そして私は気づく。

さっき、蓮司が私の名前を呼び捨てにしたとき、翠さんの表情が曇ったこと。

私が和馬の恋人であることを知った翠さんが、ホッとしたように頬を緩《ゆる》ませたことを。

やはり人手が足りないらしく、翠さんは残業になったそうだ。

岡地さんに挨拶をしてから裏口から出る。曇り空で今にも雨が落ちてきそうだ。

自転車を押して歩く帰り道。となりには和馬がいる。

和馬は相当つかれたのか、さっきからぼんやりしている。

コンビニのある交差点に差しかかった私たちは、どちらからともなく足を止めた。ここで私たちはバイバイをしなくちゃいけない。

しなくちゃいけない？　なにそれ。いつものようにおたがいの家に帰るだけなのに。

「あの、さ。今日はいろいろ助けてくれてありがとう」

「いや、べつに」

ぶっきらぼうな口調で答えたあと、和馬はゆるゆると首を横にふった。

「いろんな客がいるから大変だったろ？　それに今日はやたらと忙しかったからな」

「でも楽しかった。翠さんもすごくやさしくしてくれたし」

「あの人って、はじめて会ったときから壁を感じさせないんだよな。きっと、人間そのものが好きなんだと思う」

「あー、なんかわかる」

翠さんのことをもっと聞いてみようかと思った。けれど、それは翠さんの気持ちを知ることにつながりそうでできなかった。

翠さんは蓮司が好き。

ライバルがいるなんて、杏に報告するには厳しい内容だ。

「でも、和馬も学校とはまるで違う人みたい。意外に頼りになるんだね」

「うるせー。意外、ってのは余計だろ」

こつんと頭をたたくフリをするから、ケラケラ笑ってしまった。

「学校でももっと普通にしてればいいのに」

「それも余計なお世話。ま、陽菜も体験入店だけで断ってくれればいいから」

あっさりと言う和馬。

「でも、人手不足で大変なんでしょう？」

「べつに大丈夫。てか、同じところで働くのは厳しい」

「なにそれ。自分から誘っておいて、ひどい」

「ひどくない。そもそも蓮司と桜木さんが誘ったわけだし、ウソ恋人がバレても困るだろ」

たしかにそうだけど、急にやさしくなったり冷たくなる和馬についていけない。

「じゃあな」

軽く手を挙げ、去っていく背中を見てから私も自転車にまたがった。

コンビニでなにか買っていくか……。

体験入店は現金即日払いらしく、リュックのなかには封筒に入った一日分のバイト代が入っている。

つかれを取るには甘いものがいちばん。プリンくらい買ってもいいよね。

コンビニの駐輪場に自転車を停めていると、誰かが私の名前を呼んだ気がした。見ると、ひとりの女性が立っている。紺《こん》のスーツにひざ下までのスカート。長い髪がふわっと風の形を教えている。

「あ……」

菜々緒《ななお》さんだった。

「やっぱり陽菜さんだよね。すごい偶然」

お父さんの恋人。お父さんの再婚相手。お父さんの好きな人。

いろんな単語が頭でまわっている。

菜々緒さんは「こんにちは」と足を止め頭を下げた。相変わらず丁寧《ていねい》な人だ。

「先日はありがとう。陽菜さんに会えて本当にうれしかったの」

あのときもらった名刺ってどうしたっけ？　たしか……ポケットに入れたままだ。菜々緒さんが少し考えるように間を取ってから、「あの」と言った。

「これから少しだけ話ってできるかな？」

つかれているし、一秒でも早く帰りたい。さっきまではコンビニに寄るつもりだったのに、それすらどうでもよくなっている。

だけど……私はうなずいていた。

そんな私に菜々緒さんはバッグからウーロン茶のペットボトルを手渡した。

「これ、今買ったやつだから冷えてるよ」

リュックのなかにあるペットボトルの数々を頭に浮かべる。これで四本目？

コンビニのガラス戸の前に立つと、向こうに見える空はさっきよりも明るい。雲間から金色の光が雨みたいに降り注いでいる。たしか、『天使の梯子《はしご》』って呼ばれているんだっけ。

「あ、見て見て。天使の梯子が出てるよ。金色の光が降っているみたい」

指さす菜々緒さんに、同じことを思っていたと知ると同時に視線を落としていた。

お父さんの恋人とコンビニの前で話をする。状況が不自然すぎてうまく対応できないよ。

「話ってなんですか？」

ほら、口を開けば温度のない言いかたをしてしまうし。

菜々緒さんは「あの」と、また言ってから数秒黙った。

頭のなかで言葉を整理しているのが伝わってきて、私もまた黙る。

「お父さんとの再婚のこと、どう思っているか聞きたかったの」

「あー」と、この瞬間に思い出したかのような演技をしてしまった。

「べつにいいんじゃないですか？　母とはとうの昔に離婚しているわけですし」

「陽菜さんの気持ちはどうかな、って……」

「私ですか？　平気ですよ。本当に、全然、まったく」

たいしたことじゃない。元々、お父さんとは最近は会えていなかった。お母さんも未練はないみたいだし問題ないだろう。

なのに、菜々緒さんは表情を曇らせるから戸惑ってしまう。

「もしもね、私自身が陽菜さんの立場だったら嫌だと思うの。だって、自分のお父さんが再婚するかもしれないんだし……」

歯切れの悪い言いかたに、お腹のなかが急に熱くなった気がした。言っちゃいけない、と自制しようとしても勝手に口が開く感覚だった。

「もしも私が反対したら、お父さんとの再婚は止めるんですか？」

言ってしまってからギュッと口を閉じてももう遅い。

なのに、菜々緒さんは、当たり前のようにうなずくから驚いてしまう。

「え……なにそれ。本当に？」

「ええ、もちろん」

再度尋ねても答えは変わらない。

「反対されたから止めるって、そんな簡単なことなんですか？　ちょっと理解できません」

そうだよね、とつぶやく声。

「私もよくわからない。だけど、どうしても確認しておきたかったの」

「お父さんのこと、そんなに好きじゃないんですか？」

「そんなことない。本当に好きよ」

「だったらなんで？　べつに私のことなんか気にしなくていいんじゃ――」

言葉に急ブレーキをかけたのは、今まさに菜々緒さんの大きな瞳から涙がぽろりとこぼれたから。

え……なんで菜々緒さんが泣くの？

「ずっと決めていることがあるの。誰かを不幸にする恋愛はしたくないって。だから、陽菜さんが反対するなら再婚はしないつもりです」

そう言った菜々緒さんは笑みを浮かべた。だけど、次々に涙がこぼれ落ちている。

「ごめんなさい。気にしないで。私、すぐ泣いちゃうの。本当にごめんなさい」

無理して笑みを見せながらもこらえきれないように泣いている姿。もらったばかりのウーロン茶を差し出すと、「ありがとう」と菜々緒さんは一気に三部の一くらいを飲んだ。

今の流れは完全に私が悪い。

「だから全然反対してないって。すぐにでも再婚してくれていいから。ね？」

「ありがどうございばず」

必死のフォローに鼻声で答える菜々緒さん。

これじゃあどっちが年上かわからない。

参った。こんな人を嫌いになれるわけがないよ。

ようやく涙を止めると菜々緒さんは照れたように笑った。

「もう大丈夫。応援してくれているのがわかってよかった。ずっと気になってたの」

応援しているとまでは言っていないけれど、もう余計なことは言わないことに決めた。

「じゃあ、最後にゲームをして別れましょう」

急に菜々緒さんが言うから、私は目を丸くしてしまう。

なんだか突然な人だ。子供のように純粋で好奇心旺盛《おうせい》。

「ゲームというのはね、『さよならゲーム』ってやつなの。知ってる？」

「知らない、です」

「さよならする前にやるゲームで、次に会う約束のためのものでもあるの」

自慢気にあごをあげた菜々緒さんに、わからないままうなずいた。

「これから私が、本当かウソかわからないことを言います。出題された陽菜さんは、ひとことも話さずにここでさよならをするの。で、次に会ったときに『本当かウソか』を答えなくちゃいけないの」

「それって――」

「ダメ。もうゲームははじまっているのです」

そのゲームのどこがおもしろいのかわからないけれど、一方的な菜々緒さんに気圧《けお》される感じでうなずいた。

「じゃあ、出題します。あ、最初に言っておくね。今日はありがとうございました。本当にうれしかった」

答えてはいけないのだろう、と大きくうなずくと、満足そうに菜々緒さんははにかんだ。

「では出題します。私は運命の出逢《であ》いを信じているの。あなたのお父さん……都築《つづき》さんと出逢った瞬間も、まるで心の居場所を見つけたかのように運命を感じたの」

艶《つや》やかな唇に人差し指を当てたあと、菜々緒さんはお辞儀《じぎ》をして目の前に駐車している青色のクーペに乗りこんだ。

ぎこちない動きで何度もバックをくり返し、爽《さわ》やかに手をふって、去っていった。

「え、今のが問題なの？」

私はそれを、ぽかんと見ていることしかできなかった。


梅雨《つゆ》は本格的に町をすっぽりと覆《おお》っている。

雨が降り始めてから一週間。七月に入り、ついに期末テストがはじまってしまった。

お昼休みも、今日はおとなしく小さなグループに分かれて、教科書やノートを見ている。なんたってテストの結果がランキングされ、はりだされるのだから。

学校側は、クラスのなかで競い合わせるためにやっているんだろうけれど、幸いうちのクラスは仲がいい。特に閉校が決まってからは、みんな秋の文化祭に向けて和気あいあいと話をしている。

そうだ、と思い出し、教科書をながめながらお弁当を食べている杏に「ね」と呼びかけた。

「結局、正式にグラニーズバーガーで働くことにしたの」

そう言うと、杏はぽかんと口を開いて固まった。

「え……？　それって本当に？」

「いい人たちばっかりだったし、本当に人手が足りないんだって。だから、もう少し続けてみようかなって」

それはさっき、廊下《ろうか》で和馬に『できれば続けてほしい』と言われたことがきっかけではない。この数日考えて決めたことなのだから。

「杏も風邪《かぜ》治ったんでしょ？　だったら体験入店の日を決めようよ」

「あたしはやらない」

速攻で返事をした杏に、最初は冗談を言っているのかと思った。けれど、杏は真剣な顔のまま「やらない」とくり返した。

「ちょっとまって。そもそも杏のためにやってることなんだよ」

さすがに異を唱える私に、杏はぶすっとした顔で、お弁当箱の隅を箸《はし》でつついている。

「だって、翠さんて人のこと……」

「それは前にも言ったじゃん。べつに悪い人じゃなかったって」

「じゃあ蓮司くんとはなんでもないの？」

「…たぶん」

翠さんはなんでもあるかもしれないけれど、蓮司にはその気持ちはないだろう。

窓辺に座っている和馬に視線をやると、

「あれ？」

めずらしく机に突っ伏している。そういえば朝の挨拶《あいさつ》をしたときも、いつも以上に不機嫌そうだったっけ。

具合でも悪いのかな……？

そんなことが気になるなんて、どうかしちゃってる。

切り替えて、杏に体ごと気持ちも向けた。

「たぶん大丈夫。蓮司も恋愛に興味ないって言ってるみたいだし、翠さんはただのバイトの先輩だから」

「それならいいけど……」

渋々納得する杏が、「あ」と顔を前に向けたので、つられて見る。

どこかへ行っていたのか、蓮司が教室に戻ってきたところだった。自分の席に戻るかと思っていたら、そのまま教壇《きょうだん》の前で足を止めた。

……なんだかまた嫌な予感がする。

そう思った次の瞬間、

「ちょっと聞いてくれる？」

大きな声で蓮司が言った。

雨音だけを例外に、教室から音が消えた。みんなの視線を集めていることに満足したように蓮司は、教壇に両手を置いた。

すう、と息を吸うのがスローモーションで見えた。そして、蓮司は言う。

「みんなに報告。僕にもついに恋人ができました！」

その言葉に、男子が放つ雄《お》たけびと女子の悲鳴が教室に響く。

雨の音はもう、聞こえない。

4　運命なんて信じなかった

かける、跳ねる、飛ぶ。

いつ見ても蓮司《れんじ》という人は、じっとせず動きまわっている。

マグロなどの回遊魚が、泳ぎを止めると死んでしまうことに似ている。回遊魚は酸素を取りこむために泳ぎ続けているけれど、蓮司は逆に元気を配るために動いている印象。

特進クラスにいながらバスケ部に所属しているし、バイトだってしている。なのに成績もそこそこ上位だし、彼の人気は出るべくして出たものだと思う。

「おはよう！」

今日も登校における最大の難所である急な坂道を、彼はものともせずかけていく。『朝練みたいなもん』なんてよくおどけているけれど、いつだって元気いっぱいだ。

「蓮司！」

呼び止める私に、蓮司は「はいよ」とその場で足踏みしている。

「ちょっと、聞きたいことがあるんだけど」

自転車を押して近寄ると、蓮司の額には汗が玉になって浮いていた。

「うん、いいよ。それより久々の快晴！　めっちゃ暑いね」

彼は自分のした恋人宣言で、クラスが大さわぎになっていることも意に介していない様子。変わらない、なにも変わらない。

そこが蓮司のいいところであり、悪いところでもあると思うんだよね。

「梅雨明《つゆあ》けはまだちょっと先みたいだよ。今日は梅雨の合間ってやつじゃない？」

「なんだよー。やっと夏が来るって喜んでたのに。傘じゃ走りにくいんだよ」

「知らないよ」

つい冷たい口調になってしまうが蓮司は笑みをくずさない。まぶしくてキラキラしているのは、太陽じゃなくて蓮司のほう。

だけど、やっぱり私は和馬《かずま》みたいな落ち着いている男子のほうが好きだな。

いや、比較した結果であって、深い意味はないけれど……。

「で、聞きたいことって？」

首をかしげる蓮司に自分から呼び止めたことを思い出す。彼といると自分のペースが乱されてしまうことが多い。

「あのさ……本当に彼女ができたの？」

教壇《きょうだん》での恋人ができた宣言から三日がすぎていた。今日は期末テストの最終日だ。

「うん、おかげさまで」

あっさりと答えた蓮司が、

「そうそう、翠《みどり》も『早く陽菜《ひな》ちゃんに直接言いたい』って張り切ってたっけ」

とウワサの彼女を呼び捨てにした。

杏にはごまかして説明をしたけれど、彼女が蓮司を好きなことは伝わってきたし、蓮司もほかの女子に対する態度よりは親しみをこめていた。

今になって気づくことはたくさんあるけれどもう遅い。翠さんとつき合っているのは本当のことなんだ。

「でもさ、僕に恋人ができたのは、和馬と陽菜のおかげなんだけどね」

あっけらかんと笑う蓮司が両腕を組んだ。腕の筋肉が盛りあがり、ベビーフェイスとアンバランスな魅力が顔を出している。

「なにそれ」

なんで私と和馬が？

「いや、だってさ」と、蓮司は言いかけて言葉を止めたかと思うと、右手をいきなりブンと挙げた。

「和馬！」

叫んだかと思うと、ピューッと坂をおりていってしまう。和馬が自転車を押して登ってくるところだった。かろうじて和馬だとわかるくらい小さいのによく見つけられるな……。

蓮司が自転車をうしろから押し、ふたりが私の元へ来るのに時間はかからなかった。

「おはよう」

ウソ恋人に挨拶をすると、

「ああ」

今日はなんだかテンションが低い様子。まあ朝はいつもこんな感じか……。

三人で歩き出すと、「そうそう」と蓮司が口を開いた。

「さっきの話、マジなんだよ」

「なんの話？」

蓮司じゃなくて私に尋ねる和馬にヘラっと笑ってみせたのは、ウワサ話をしていることを知られたくなかったから。和馬にはいいところを見せたい、なんて私もどうかしてる。

そんな私に気づくこともなく、蓮司が「翠の話」とあっさり言ってしまった。

「陽菜が、僕に恋人ができたことを不思議がるから説明してたんだ」

興味がないのか、和馬は「あー」と、だるそうな声を出した。

「僕に恋人ができたのは和馬と陽菜のおかげだって説明してたんだよ」

「なんで俺たちのおかげなんだよ」

……あれ？

「だってさ、和馬に恋人できちゃったじゃん。それまでは興味なかったけどさ、なんだか幸せそうで急にうらやましくなったんだよね」

「べつになんにも変わってないし」

……なんだろう？

「そんなことない。特に陽菜はすごい変わったよ。毎日ニコニコしてるし。和馬だってこの間のバイトのとき、すげー楽しそうだったじゃん」

「覚えてない」

……違和感がある。

ふたりの顔を見ながら、なにかが胸の奥でざわつき出している。なんだろう、なにかおかしいような気がする。

「だから僕も恋人がほしいってはじめて思えたわけ。ふたりのおかげだよ」

そう言うと、蓮司は「いけね！」と走り出した。

「今日、当番だったわ。先行くからー」

嵐のように去っていく蓮司を見送ってから、和馬に視線をやる。

「……なにが俺たちのおかげだよ」

怒っているのかと思ったけれど、和馬が私に見せたのは苦笑だった。

「あいつさ、翠さんのことといい人だよなってずっと言ってたんだよな」

「そうだったんだ……」

「でも、恋人とかつくるのはめんどくさいって言ってたから、まさかつき合うとは思わなかった。幸せになれたのが俺たちのウソのおかげなんて、なんか笑える。今度こそ本当のダブルデートしなくちゃかもな」

「そっかー。じゃあ、フルーツパーク行かない？　七月は桃とかスモモが食べられるんだって。久しぶりに行ってみたかったんだ」

和馬は虚をつかれたようにしばらくぼんやりしてから、

「まあ、それもいいかもな」

とうなずいた。

「なによ、乗り気じゃないわけ？」

「そんなことない。ただき、行くならふたりのほうが気楽かな、って」

ははは、と笑う和馬の横顔から目を逸《そ》らした。意識して、意識していないフリで。

今朝の私はどこかおかしい。

蓮司と和馬がしゃべっているときも、ずっと和馬の顔ばかり見てしまっていた。

元気いっぱいにはしゃぐ蓮司よりも、和馬を見ていたいと思っていた自分に驚く。

けれど、不快な気分じゃない。むしろどこかで心地よさを感じていた。

だからこそ気づいたことがある。

和馬は翠さんのことが好きなのかもしれない。片想いをしていた相手が、自分の親友を好きなことを知り、身を引くことに決めた。ウソ恋人を作ったのも、蓮司に気を遣わせないように、自分の気持ちがバレないようにするために……。

……まさか、ね。いくらなんでも考えすぎだろう。


固まっていた空気が一気にやわらかくなるような感じ。

最後の科目のテストが終わると同時に教室に解放感があふれ、私たちを饒舌《じょうぜつ》にさせる。

口々にテストの感想を言い合いながらも、頭のなかではやってくる休暇に思いを馳《は》せる。

といっても特進クラスの夏休みにはもれなく『補講』がついてくるから、夏休み中の登校日も多いけれど。それでも夏休みは夏休みだから、終業式の日が待ち遠しくなる。

蓮司が恋人ができたことを告げてから、教室の空気は一変した。まるでアイドルが結婚してしまったかのように、女子たちの話題はほかのクラスの男子に移っている。さらには文化祭の出し物についての話題も増え、私にとってはすごしやすい環境になってきた。

けれど、気になることがある。それは、杏がやたら元気なことだ。

得意の名言も口にしなくなったし、女子たちの話題にもはしゃいでいる。今も、荷物をまとめながら鼻歌なんてうたっているし。

「ね、杏」

近づく私に杏が気づいて「うん」と答えた。

「無理してるよね？」

私の言葉に、杏はきょとんとした顔をする。

「なんのこと？」

「落ちこんでいるところをみんなに見られないように無理してたでしょう。本当は、蓮司のことでショック受けてるでしょう？」

やさしい杏のことだから、自分のことよりもまわりを気遣ってしまったのだろう。もう本音を見せてもいいんだよ、とその目を見つめる。

杏は「うーん」と眉《まゆ》をしかめたあと、

「さすが陽菜、無理してるのバレてたんだ」

と困った顔をしている。泣いちゃうのかも、と思ったけれど、意外にも杏はクスクス笑い出した。

「でも残念でした。それほど落ちこんではいないんだよね」

「え、なんで？」

誰よりも蓮司のことを好きだったのに？

杏は長い髪をさらりと手で梳《と》かすと、教室に誰もいないことを確認して顔を近づけてくる。

「だって、あたし、蓮司くんのことあきらめていないから」

え、と固まる私に、杏は「なによ」と不満げ。

「蓮司くんだよ？　あんなに人気のある人だもん、いつかは彼女ができるってわかってた。そりゃあ、あたしを選んでくれればって期待はしていたけれど、実際なんにも行動できてなかったし」

カバンを手に立ちあがる杏に、つられるように立つ。

「じゃあ、これからも蓮司を想い続けるってこと？」

「勝手に片想いしているのは、前から同じことでしょ。陽菜もバイト続けるなら、ふたりの様子教えてくれるとうれしいな。チャンスがあるかもしれないし」

ちょっと話が変わってきている。今日は思いっきり杏をなぐさめようと思っていたのに、なんなの、この展開……。

「わかった。なにかあったら教えるよ」

「ありがとう。さすが陽菜は頼りになる」

こんなときだけうまく言って。

でも、ふたりの様子を報告するなんてスパイみたいで嫌だな……。

ため息をつけば、下校をうながすチャイムの音がむなしく響きはじめた。


「電話をくれてうれしかったです」

彼はそう言って、三ケ日《みっかび》みかんジュースを私の前に置いた。

「戸綿《とわた》さんが入ってくれればみんなも喜ぶよ」

店長である岡地《おかじ》さんとゆっくり話をするのははじめてだった。最初の印象と変わらず、やさしい人柄のよう。まだ若いだろうに笑うとシワだらけになる顔が愛くるしい。

お母さんに『バイトをしたい』と言ったところ、あっさりとOKが出たのだ。あまりにもすんなり許可されたので不思議がる私に、お母さんはふたつの理由を述べた。

『陽菜には自立してほしいから、バイトすることは大賛成よ』

『成績の具合はいいんでしょう？　だったら問題なし』

具合、という単語のチョイスに笑ってしまったけれど、これで障害はすべて消えた。

岡地さんにしっかりと頭を下げる。

「そんなに多くは勤務できないと思いますが、一生懸命がんばります」

「一生懸命じゃなくて大丈夫。それなりに、が長く続くコツだよ」

しごく真面目《まじめ》な顔で言ったあと、岡地さんは色黒の肌とは正反対の白歯を見せて笑った。

「書類はこれで完了。たくさん書かせて悪かったね」

交通費の申請書や銀行口座の指定用紙などをまとめると、岡地さんは立ちあがった。

「じゃあ仕事に入るよ。来週からよろしくね」

「はい。よろしくお願いいたします」

ペコリと頭を下げてバッグを手にする。緊張したけれど、これで仲間入りできたってことだ。

「あ、待っててあげて。すぐにふたりが休憩に来るからさ」

エプロンをつけながら岡地さんは言うと、店内へ通じるドアに消えた。

パイプ椅子《いす》に座り、三ヶ日みかんジュースを飲む。

土曜日の今日は朝から快晴。どうやら梅雨明《つゆあ》けしたらしく、この数日は天気がいい。

なにやらドアの向こうではしゃぐ声が聞こえたので、そちらを見ると、

「そっちのがヘンだよ」

「どう見たって、和馬のほうがヘンだって」

メンズふたりがやって来た。休憩なのだろう、それぞれの手にハンバーガーの包み紙がある。休憩時間にそれぞれがオリジナルバーガーを作って食べていると聞いていた。

おそらくそれぞれの作品を評価し合っているのだろう。

「うわ！」

先に私に気づいたのは蓮司のほうだった。

「陽菜かー、びっくりした。ついにバイトすることに決めたんだってね」

「これからよろしくね」

「いやー助かるよ。これで僕たちも土日にたまに休み取れるし」

僕たち、というのは蓮司と翠さんのことだろう。杏に報告する内容は『今のところ変化なし』で決まり。って、本当にスパイみたい。

和馬はドカッと前の椅子《いす》に腰をおろすと、

「マジで働くんだ？」

杏もいないのに？　という言葉が聞こえてきそう。たしかに元々は杏のために決めた体験入店だったのにね。

「社会勉強だと思って、やることにしたの」

「へぇ」

そっけない返事だ。和馬はまるで大きな海を漂う小舟みたい。近づいたと思ったら遠くなり、私の手にはとどかない。

こんなことを思うのは、和馬が翠さんのことが好きかもしれない、と気づいてから。

あれ以来、杏、蓮司、翠さん、和馬の四角形がいつも頭に浮かんでしまう。

「そうそう、話があったからちょうどよかった」

蓮司が思い出したように両手をパンと合わせた。

「翠とさ、夏休み出かける予定いろいろ立ててる。和馬と陽菜もそうでしょう？」

「うん、そうだ、よね？」

ぎこちなく肯定する私に気づかずに、蓮司は「でもさ」と言った。

「僕も和馬とは遊びたいんだよね。だからさ、申し訳ないけど、たまには僕に和馬を貸してください」

「あ、うん……。べつにいいよ」

「やったー。和馬、夏休みになったら遊びに行こう」

恋人のように蓮司が和馬に腕を絡ませた。

はしゃぐ蓮司に和馬が、

「俺を物みたいに扱うなよな」

と言った。言葉とは裏腹に笑みを浮かべている。私に見せる笑みとは違い、心を許しているのが伝わってくる。

でも、和馬はそれでいいのかな……？　翠さんのことを本当に好きなら、私ならちょっと嫉妬《しっと》しちゃうかもしれない。

そっか……。やっぱり和馬が翠さんを好きだというのは、私の勘違いかもしれない。

本当に好きなら、翠さんと遊びに行くことを宣言する蓮司に、あんなうれしそうな笑みを見せられないもの。

すっきりした気持ちになったところに、蓮司が「でさ」と声を大きくした。

「フルーツパークの桃狩りに行きたいんだけどさ、もうすぐ終わりなんだって。あさっては男子組だけバイト休みだよね？　しょうがない。和馬と行くことにしよう」

スマホを操りながら、蓮司が言った。

「やだよ。男ふたりでなんて」

「えー、いいじゃん。さっと桃食べて帰るだけだからさ」

フルーツパークはこの前、私と行く約束をしたばかり。

口をはさまない私の前で、和馬は言った。

「じゃあ行こう」

彼の瞳に私は映っていない。

また傷ついている自分を、どこか遠くでながめている気分だった。


菜々緒《なな お》さんは、サンマリノの窓側の席でさっきから浜名湖《はまなこ》をまぶしそうにながめている。

今日は私のほうから、ちょっとお茶に誘った感じだ。

「そうね……。うーん、すごい話だね」

話を聞き終わると、菜々緒さんは困った顔をした。

「やっぱりそう思いますよね」

ウソ恋人からはじまり、バイトをはじめるまでの話を一気にしたせいで、私も喉《のど》がカラカラだ。レモンスカッシュを飲むと、なんだか苦く感じてしまった。

ぜんぶ菜々緒さんに話すことは、電話をかけた時点で決めていた。和馬のことを深く知らない誰かに意見をもらいたかったし、菜々緒さんは適役だと思ったからだ。

「だってウソ恋人って言葉自体はじめて聞いたし、陽菜さんて、私が高校生だったころより何倍もすごいことやってるんだもん。私、奥手だったからそういう経験ないのよね」

「そうなんですか」

「うん、もうまったく無縁の学生生活だったの。どうして人を好きになるのかわからないまま、大人になっちゃった感じ」

「でも、父のことを好きになったんですよね?」

嫌な質問をしてしまった、とすぐに気づいたけれど、菜々緒さんは素直にうなずいた。

「もちろん、その前にも好きな人はいたよ。だから陽菜さんも、気づくと誰かのことを好きになっているはず」

「でも、そうなったとき考えてしまうと思うんです。こんなせまい世界で出逢《であ》ったのは偶然で、近くにいる人を勝手に好きだと勘違いしているだけだ、って」

「恋愛は錯覚《さっかく》だものね」

ふふ、と笑う菜々緒さんが「大丈夫」と続けた。

「運命の恋に出逢えたなら、どんなに自制しようとしても止められないほど気持ちが大きくなってしまうから。その日が来るまでは、どんと構えていれば大丈夫だよ」

　ウインクまでする菜々緒さん。杏の名言もいいけれど、実際に濃い恋愛を経験した人の意見は、また違った角度で胸に響くんだな……。

　そこまで考えて、やっと思い出した。

「そういえば、この間の『さよならゲーム』の答えってなんですか？」

　菜々緒さんはお父さんとの出会いに運命を感じているか？　だっけ。

「ダメダメ。まずは陽菜さんの答えを先に聞かせて。あれは本当のことでしょうか？　ウソだったでしょうか？」

　意地悪そうに言う菜々緒さんに膨れてみせるけれど効果なし。答えないことには先に進めないみたい。

「もう一度問題をお願いします」

　ペコリと頭を下げると菜々緒さんは軽くうなずいた。

「私は運命の出逢いを信じているの。あなたのお父さん……都築《つづき》さんと出逢った瞬間も、まるで心の居場所を見つけたかのように運命を感じたの」

　この言葉がウソか本当か……。

　しばらく悩んでから、

「答えは……『本当』だと思う」

菜々緒さんの顔を観察しながらゆっくり答えた。

「どうしてそう思うの？」

興味深そうに顔を近づける菜々緒さんは、今日もきれいだ。日焼け対策もバッチリなのか、白い肌がつるんとしている。

「理由まではわからない。でも、きっと運命を感じたからこそ、あんなおじさんとつき合ってるのかな、って」

「おじさん！」

おかしそうに笑ったあと、菜々緒さんは両手の人差し指と親指を使って三角を作った。

「正解は『本当』でもあり、『ウソ』でもあるの。だから正解にします」

「そんなのずるい」

思わず文句を口にしたけれど、

「最初の問題だからサービスのつもりだったんだけどなー」

なんて肩をすくめている。

「運命は感じたり感じなかったりしたってこと？　意味わかんない」

プリンを運んできたマスターが「ごゆっくり」と言葉を残して去っていく。

菜々緒さんは早速プリンをほおばりながら、遠くを見るような目をした。

「お父さんとは会社で出逢ったの。配属された先の上司としてね。じつは最初は、とっても苦手な人だった」

「そうなんだ？」

おたがいにくだけた口調になっているのが心地よかった。意識して、じゃなく、気づけばってところが特に。

「陽菜さんのお父さんなのに、こんなこと言ってごめんね。でも、判断力に欠けてて、質問しても頼りなくて飄々《ひょうひょう》としてて……」

「ああ、それなんかわかります」

家にいたころも、そういうことでよくお母さんに小言《こごと》を言われていた気がする。会社でも一緒だったんだ、とおかしくなってしまう。菜々緒さんも「でしょう？」と屈託ない笑みを浮かべてから、ふうと息を吐いた。

「でもある日、私が大きなミスをしたことがあって……。そのときに全力でかばってくれたの。単純かもしれないけど、そこで一気に運命を感じちゃったんだ」

声が丸くなった気がした。

「人は誰でも、簡単に恋に落ちるんだな、って思った。最初の出逢いが最悪で運命なんて感じなかったのに、気がつくと好きになっていることってあるんだと知ったの」

美しい口から語られる運命は、私にはまだピンとこない。

「運命だったと信じることにしたってことですか？」

そう言った私に、菜々緒さんは首を横にふった。

「出逢いは運命じゃなかった。ただの偶然。だけど、愛することこそが運命なんだって感じたの。意味、わかる？」

菜々緒さんとの距離はずいぶん近くなってきている。こういうのも運命だとすれば、すべてのことは、その二つの漢字で説明がつくかもしれない。

和馬とウソ恋人を演じることになったのも運命、蓮司と翠さんがつき合ったのも運命。すべては結果論のような気がしてしまうんだよね。

「んー……わからない」

「私もよくわからない」

そんなことを言うから、私は笑ってしまう。

「でもさ、恋をすることが偉いなんて私は思わないよ。陽菜さんらしくしていれば、いつか恋をするかもしれないし、しないかもしれない」

「うん」

「そのままでいいの。私は、そんな陽菜さんを近くに感じるし、大切な友達と出逢えたことに感謝しているから」

　やさしい瞳がどことなく和馬に似ている。見つめられると、照れくさくて恥ずかしい。

「友達っていっても、父親の恋人ですよ？」

　おどけて言うと、菜々緒さんは「そうだった」と思い出したように言った。

「すっかりお父さんのこと忘れちゃってた」

　そう言ってから菜々緒さんは、自分のあごに手を当てて考えるポーズになった。

「でも、和馬くんって子も苦しいと思う。親友と同じ人を好きになるなんて悲劇だよね」

「私の推理だから正解かわかりませんよ」

　あの日急に浮かんだ考えは、日がたつごとに確信に変わっていく。そんな気がしていた。

「まあ、こういうことって、本人にしか本当の気持ちはわからないからねぇ。本人すらもわかってないときだってあると思うし」

　菜々緒さんがうなずく私をじっと見た。

「あのね、陽菜さんは和馬くんのこと、なんとも思ってないんだよね？」

　答えるのに一瞬遅れたのは、なぜ？

　息が詰まると同時に、モヤッとした感情が胸でうごめいた。

「やめてくださいよ。そんなこと、あるわけがないじゃないですか」

しかめっ面《つら》になる私に、菜々緒さんは笑みを浮かべた。

「だよね。それこそ運命じゃなくてドラマ的展開だもんねー。この推理は間違いでした」

大人なようで、時折子供みたいな無邪気さを見せる菜々緒さん。お父さんが好きになった理由がわかる気がした。

私も同じように菜々緒さんのことが好きだ。


今日も教室で蓮司と和馬は、じゃれあっている。

たまたま話しかけただけなのに、私はそれを間近で見る羽目になっているわけで……。

「でさー、カフェをやりたいんだよ」

今日の蓮司はどこか興奮気味で、いつもの数倍しゃべっている。なんでも戻ってきたテストの結果がよかったそうだ。

私も予想よりはよかったのもあったし、ダメだったのもあった。和馬のはわからない。

「カフェって喫茶店《きっさてん》のことかよ？」

和馬の問いに、蓮司が大きく首を縦にふった。

「そう、そのカフェ。スタンダードだけど、文化祭はカフェでいいと思う。しかも、女装とか猫カフェとかみたいなんじゃなくて、本格的なカフェ」

文化祭実行委員会のリーダーは蓮司。副リーダーは和馬という、昨年と同じコンビが選ばれていたっけ。

蓮司が手に持っていた紙を見せてくる。見ると、駅前にある珈琲豆《コーヒーまめ》専門店のちらしだ。

「そこまで決めてるんなら、カフェで決まりってことか。しょうがないよな？」

ちらしをチラッと見てから、和馬が私を見た。

「あ、うん」

久しぶりに話しかけられた気がして、緊張してしまう。

「もっと主体的に楽しもうよ。来年は受験で、文化祭どころじゃないんだしさ」

はしゃいだ蓮司に、和馬は「まあな」と笑みを浮かべている。

席に戻ると、杏が近づいてきたので身構えた。蓮司のことについて調査報告をすべきなんだろうけれど、今のところ杏にとってプラスになるような報告は皆無だ。

「これ見て。すごくかわいいの。絶対に陽菜に似合うと思う」

スマホに映った水着を、杏は見せてきた。上がピンク、下がブルーのビキニで腰のあたりにフレアがついている。

「私はいいよ。絶対に似合わないから」

杏みたいにスタイルがよくないし、ビキニを身に着ける勇気なんて1%もない。

「絶対似合うって。陽菜はもう少し自信を持ちなさいよ」

「自信なんてないよ。ていうか、目立つの嫌だし」

「和馬くんとつき合った時点で目立ってるから安心しなさい。てか、最近ウワサだよ」

「ウワサ？」

ドキッとした。まさか、ウソ恋人がバレたんじゃ……。

杏は暑そうにノートで顔を仰《あお》ぎながら、

「陽菜とつき合ってから和馬くん、やさしくなったって、みんな言ってる」

すっと自然に視線が和馬に向かっていた。まだ蓮司と楽し気に話している横顔を見る。

「そうなの？」

「そうだよ。蓮司くん以外に心を開かなかった和馬くんが、あたしたちにも挨拶《あいさつ》するようになったし、陽菜がぜんぶ変えたんだよ」

「猛獣使いみたいに言わないでよ」

そう言いながら、悪い気がしないのはたしかだった。

和馬はするりと立ちあがると、そのまま私に向かって歩いてきた。

まだ残る笑みをそのままに、

「今日って一緒に帰れる？」

と尋ねてきたので、うなずく。

トイレでも行くのか、和馬はそのまま教室を出ていった。

「ほら、やっぱりやさしいじゃん」

「そうなのかな？」

本当にそうなの？

私の推理が正しければ、和馬はかなわない恋に苦しんでいることになる。

私とつき合うことでそれを隠そうとしている和馬は、本当にやさしいのかな。

気まぐれなやさしさに、どうして心が揺さぶられるのだろう。


雲がぽつんと浮かんでいる。

空の色は青色で、雲が白色。空ばかり見てしまうのは、そのコントラストのせいだろうか。

もしも空が常に灰色で雲が黒色だったとしたら、こんなに惹《ひ》かれることはないかも。

帰り道、和馬はさっきから文化祭について話を続けている。蓮司に触発されたのか、カフェをどうやって運営するか考えているようだ。

蓮司はアイデアを、和馬はそれを実現すべく計画を練《ね》る。本当にふたりはよいコンビだ。

「単価が高くなるくらいなら、安い珈琲豆をネットで買えばいいと思うんだけど、蓮司のヤツ、そういうとこにはこだわるからなぁ」

ボヤくように和馬も空を見あげた。

なんだろう、最近の私はなんだかヘンだ。ウソ恋人のはずなのに、一緒にいると楽しいしうれしい。

こんなこと、絶対に口には出せないけれど。

「夏休みはどうする？　たまに会おうか」

自転車を押しながら軽い口調で、和馬が尋ねたので、

「え、いいの？」

なんて答えてしまった。

「いいに決まってる。アリバイ作りしないといけないし」

「…だよね」

「なに、乗り気じゃない感じ？」

ひょいと顔を近づける和馬に、あわてて手を横にふった。

「違う違う。でも、無理してないかなって……」

キュッと音を立てて和馬が自転車を停めた。奇妙な沈黙のあと、和馬は声にして笑った。

「無理なんかするかよ。むしろすげえ助かってるし」

「うん」

「それに陽菜はおもしろいから一緒にいて飽きないんだよ。俺が思ってても口にしないことをポンポン言うし、俺みたいな無愛想なやつにもガンガン話してくるし」

ポンポン、ガンガン、は褒め言葉と受け取ることにしよう。

「明日の終業式が終われば少しは遊べるだろ？　約束どおりフルーツパークに行こう」

意味がわからなくて「え！」と声をあげてしまった。わかっていたように和馬が両手を合わせ、『ごめん』のポーズを取った。

「この間、蓮司とフルーツパークに行く約束しちゃったろ？　あのあと、先に約束していたこと思い出したんだ。先着順ってことで、蓮司には断ったから」

胸にあたたかいものが生まれている。私との約束を覚えていてくれたんだ……。

「うん……。わかった」

平気な顔で賛成し、コンビニの前で和馬と別れた。

自転車に乗り、去っていく背中を見送ってから、私は意味もなくコンビニの駐車場に自転車を停めた。

まだ高鳴っている胸にそっと手を当ててみる。

和馬が私を誘ってくれた。四人で行くという提案をすぐに却下《きゃっか》してくれた。

最近冷たいと思っていたけれど、きっと私が勝手に思いこんでいただけだとも知った。

変わったのは和馬じゃなくて私のほう。

ああ、そっか。そうだったんだ……。

もう自分の気持ちにウソをつくのはやめよう。

私は……和馬に恋をしているんだ。


「あのね、杏。私、和馬に恋をしているの」

私の言葉を聞いたとたん、杏は「ほえ?」と目を丸くした。

朝の教室、これから体育館へ移動し、終業式がおこなわれる予定だ。

夏休みになると普通は学校に来なくなるけれど、私たち特進クラスの生徒は『あくまで自主参加』という前提のもとで補講がおこなわれる。

つまり、和馬に会えるってこと。

パチパチと何度もまばたきをしてから、杏は眉《まゆ》をひそめた。

「そんなの前からでしょう？　改まってどうしちゃったの？」

そうだろうな、と思った。実際に和馬とは恋人同士ということになっているのだから。

「ううん。ちゃんと宣言しておきたかっただけなの」

「ふうん」

朝が弱い杏はよくわかっていない様子だけれど、本当の気持ちを伝えられてよかった。

「つまり、あれかな」

目を閉じたまま杏は言った。

「『人は女に生まれるのではない、女になるのだ』。フランスのボーヴォワールの名言。ようやく陽菜も本格的に恋をしたってことだね」

「その言葉すごくいいね。深いなぁ」

「どうしたのよ。なんだか今日の陽菜、いつもと違うよ」

戸惑っている杏を置き去りに、今度は私が目を閉じる。

あれからずっと和馬のことばかり考えている。今になって思えば、ウソ恋人の契約をしてから、どんどん惹《ひ》かれていったんだとわかる。

愛想のない和馬が、私にはいろんな話をしてくれた。やさしいところもたくさんあるし、たまに言葉が少なくなることも。

新しい和馬を知るたびに、いつしか気持ちが重なっていってたんだ。まさか、自分が恋をするなんて、思ってもいなかった。恋愛への否定的な気持ちは、どこを探しても見つからない。プカプカとちょうどいい温度の温泉に浸かっているみたいに気持ちがいい。

和馬が翠さんを好きだというのも勘違いだろう。だってあんなに私にやさしいし。

「おはよーさん」

今日も元気に登場した蓮司がみんなに声をかけている。私にも「おはよう」と言ってから、蓮司は杏に顔を向けた。

「桜木《さくらぎ》さんおはよう」と挨拶したあと、

「なんか今日の髪、すごくきれいだね」

褒め言葉を追加した。

これはこのあと大さわぎをするかもしれない、と杏の顔を見ると意外にも平然とした顔。

「おはよ、ありがとう」

と言って、スマホに目線を落としてしまう。

あれ……。どうしちゃったんだろう。

蓮司に遅れて、教室に入ってきた和馬と目が合う。席に向かいながら和馬が口の動きだけで『おはよう』と言ってきたので、同じように返す。

目じりを細めた和馬が席についた。たわいないことなのに、足先からジンと温かいものがこみあがってくる感じ。

ああ、こういうのが恋なんだな……。

住んでいる場所はずいぶん遠い私たちなのに、この高校で出逢《であ》ったのは……運命？

「ねえ、ちょっと気になることがあるんだけどさ」

そう杏が言ったときも、私はまだ夢うつつの状態だった。

「登校するとき、知らない男の人たちがウロウロしてたの見た？」

「あー、ワゴン車が何台かあったね。なにか業者の人とかじゃない？」

けれど杏は首を横にふった。

「ひとり見覚えがある人がいたの。始業式にもいた新聞記者だったと思う。なんだか嫌な予感がしない？」

不安げな杏を見ても、そのときの私には怖いものなんてなかった。

恋をする人は最強なんだ。

体育館は朝というのに、ムッとした空気が漂っていた。

二年生と三年生しかいないからスカスカのはずなのに、今日はうしろにたくさんの取材の人たちがいる。なかにはテレビカメラを構えた人までいて、終業式がはじまってもしばらくはザワザワした音が渦巻《うずま》いていた。

（なになに？）（芸能人が来るんじゃない？）（ああ、よくテレビでやってるやつだ）

みんなのウワサ話が聞こえてくるけれど、いつもなら注意するはずの先生たちははしっこに並んで黙っている。その表情はハンコを捺《お》したみたいに同じ渋い顔。

担任の原田《はらだ》先生と目が合った。原田先生は、メタボな男性で最近子供が生まれたらしい。『どういうこと？』と目を大きく見開いてみせると、原田先生はさっと顔を伏せた。いつもはひょうきんなキャラクターなのに、らしくない。

なにかあったんだ……。事件？　事故？

校長先生が壇上《だんじょう》にあがるとにわかに緊張が走った。それはシャッターを切る音が一斉に響いたから。

「今日は皆さんに大切な話をしなくてはなりません」

雷のなかにいるかのごとく、カメラのフラッシュで光る校長先生。ふいにうしろを向いた和馬と目が合った。首をかしげる和馬に、同じポーズを取るだけで少し安心できた。

——好き。

和馬のことが好きになったんだよ。

でもこの気持ちは絶対に口になんかしない。ウソ恋人でいられればきっと幸せだから。

あと一年半の間、私は和馬の恋人でいられるんだ。

春の日差しのなかにいるような幸福感が続くと思えば、これまで見てきた世界はどんどん色づいていく。恋を知ることで自分がどんどん変わっていく、そんな気分。

「みなさん、本当に申し訳ありません」

壇上に目をやると、校長先生が深く頭を下げていた。

シャッター音が大きくなり、テレビカメラらしき機材を肩に載せた人がかけ足で壇上に近づいた。顔をあげた校長先生は悲痛に満ちた表情をしている。

「二年後に廃校することになると以前お伝えしました。それに向けて一生懸命動いてきましたが……急遽《きゅうきょ》予定を早めることになりました」

ざわざわとした生徒たちの声が、波のようにさざめいている。

「なんとかならないか、と私も先生方も努力をしました。しかし……」

声を詰まらせた校長先生は、マイクに、重く長いため息を聞かせてから顔をあげた。

「この学校は今年度で廃校することとなりました」

シャッター音と驚きの声が、うわんと体育館に沸きあがった。

今……なんて言ったの？

「今の三年生の皆さんは安心して卒業してください。二年生の皆さんには本当に申し訳ないのですが、それぞれの居住地区にある学校に転校していただくことになります」

照明が落とされ、校長先生のうしろにプロジェクターの大きな画面が映し出された。学校を中心とした地図が、六つに色分けされている。

「詳細は臨時保護者会にて説明をいたしますが、住んでいる地域によりいくつかの高校に分かれることとなります。特別編入制度もあるので、編入試験を受けたい高校があれば――」

私の家のあるあたりは、オレンジ色に塗られている。

そこにはふたつの高校の名前が記載されていた。どちらも私立高校で、そのうちのひとつは受験をするとき、候補にしていた高校だ。

「なんだよそれ!」「ふざけんなよ!」

男子たちの怒号が飛び交い、ついに先生が「静かにしなさい!」と声をあげた。女子のなかには泣いている子たちもいる。

けれど、スライドの画面から目を離せない。

和馬の住んでいる町は、緑色に塗られていた。

これは……来年の春に和馬と離れ離れになってしまう。それを示しているの……?

やっと好きという気持ちに気づけたのに、もう、終わりなの?

5　私たちの終わりがはじまる

保護者会には、私たちも参加した。

校長先生は終業式で話した内容を資料にまとめて、親に配布したようだ。

体育館では親たちの質問、というか叱責《しっせき》が続いていたけれど、私たち生徒は途中で教室へ戻された。それが十分前のこと。

なんだかこの数日、頭がショートしたいみたいにうまく働いてくれない。

まるで壮大なドッキリ企画のように思えてしまう。

「どうするの？」

声に顔をあげると、杏《あん》が前の席に座り、私を見ていた。

「……どうするって？」

戸惑う私に、何人かの女子が集まってきた。

「陽菜《ひな》、大丈夫なの？」「すごく心配だよ」

みんなの言葉にようやく和馬《かずま》とのことを言われているんだと気づく。私たちが別々の高校に行くことは、すでに知られていた。

「あ……わからないの。どうしていいのかわからない」

これまでと違って、素直すぎる言葉がこぼれる。同時に悲しみが胸のなかからこみあがってくるのを感じた。

やっぱり本当のことなんだ……。

この数日、ずっと夢だと信じたかった。夏休みになっても、今日という日が来るまでは撤回されることを期待していた。

願いは、かなわなかった。

「あたしは陽菜と同じ高校にまた行けるからいいんだけど、和馬くんとは離れ離れになるんだよね。どうする？　編入試験受ける？」

杏は今にも泣きそうな顔をしている。まわりの子も同じように曇った顔で私を見ている。

「わからない。全然、今は考えられないよ」

ダメだ、泣いてしまいそう。

やっと和馬への気持ちを確信できたのに、離れ離れになってしまう……。

なんとか話題を変えようと、

「蓮司《れんじ》のことはどうするの？」

と杏に尋ねてみた。蓮司の住む地域は黄色で塗られていたはずだから、私や杏と違う高校に行くことになる。

杏は一瞬ぽかんとしてから、「ああ」とうすく笑う。

「今日言おうと思ってたんだけど、あたしも片想いを止めることにしたの」

まわりの子は知っていたのか、黙ってうなずいている。

「こないだは、また片想いをはじめるって張り切ってたよね？」

「がんばろう、って思ったよ。でもやっぱりムリだった。つらくなるだけだし」

恋は自分で終わらせられるものなの？

あんなに好きだと言っていたのに、どうして？

疑問は悲しみに変換されていく。

杏のことだから無理して決めたんだ。きっとたくさん苦しんで、やっと出した答えなんだ。

前ならわからなかった恋をする感覚を、私は知ってしまった。

これから私はどうなるんだろう。和馬のいない毎日がやってくるなんて……。

「泣かないで」

杏が私の手を取るまで、自分が泣いていることに気づかなかった。

なんとか止めようとしても、どんどん涙はこぼれていく。たくさんの感情が、私を悲しみの海へ誘いこんでいるみたい。

口のなかに広がる涙の味が苦くて、悲しい。

ふいに視界が暗くなった気がして顔をあげると、目の前に和馬が立っていた。

その瞳はやさしく私を見つめている。こんなふうに笑みを浮かべられるようになったんだね。だけど、だけど……！

もう、終わりなの？

「大丈夫」

和馬が私の頭に手を置いた。じわっと感じるあたたかさに、彼の言葉がすっと染みこむ気がした。

「俺たちはなにも変わらない。心配するな」

そう言うと、和馬は自分の席へ戻っていく。

「やるじゃん、和馬くん」

杏の声にまわりの子も感嘆《かんたん》の声をあげている。男子が口笛ではやし立て、「うるせー」と和馬が不機嫌そうに言った。

だけど私は知っているの。

今のはウソ恋人を続けるための演技であり、そこに心は一グラムもないってことを。


グラニーズバーガーは昼のピークをすぎてから、急に客足が途絶えた。

さっきから和馬はフライヤーを掃除《そうじ》していて、翠《みどり》さんは野菜を丁寧《ていねい》に洗っている。私は、バーガーのマニュアルを覚えるのに必死。

「どう、覚えた?」

和馬がとなりに並んだかと思ったら、ひょいとマニュアルをうばわれてしまった。

「グラニーズバーガーのトマトは何グラム?」

「えっと……40グラム」

「正解」

こう見えても暗記は得意なほう。

「これが40グラムな」

調理台に置いてあるスライスしたトマトを指さす和馬に、「なるほど」なんて答えているけれど、どうしよう、顔が赤くなっているに違いない。

きっと帰ってから、何度もこの光景を思い出すんだ。

夏休みに入ってからバイトばかりしている。和馬と同じシフトだと、時間はあっという間にすぎるし、違うときは長く感じる。

逆に補講で学校に行くと、これまでみたいにうまく話しかけられなくなった。話しかけるための理由を探しては、実践《じっせん》する前にくじけることの繰り返し。

どんどん和馬が毎日の中心になっているのに、その先には終わりが見えている。恋に気づいた当初は幸せだったのに、最近じゃ苦しくなることのほうが多い。

「それにしてもさ」

急に和馬がクスクス笑い出す。

「終業式のときはすごかったな。まさか涙まで見せるなんて、陽菜の演技力には脱帽したわ」

「でしょう。自分でも驚いたもん」

「一瞬マジで泣いてるのかと思って、あせったよ」

「そんなわけないじゃん。あれは、女子たちとの別れが悲しかったんだよ」

「だと思った」

あなたは、知らない。

ウソ恋人の契約を交わした私が、本当にあなたを好きになってしまったことを。

その契約の期間が一年短くなったことに、こんなに動揺《どうよう》していることを。

それでも平気な顔で笑っていることを。

「……言えないよね」

「え、なに？」

思わず声に出てしまっていたみたい。

「あ、ううん。それよりさ……」

と、私は奥にいる翠さんを見た。

「なんか最近、元気なくない？」

「え、そう？　いつもと変わらないように見えるけど。それより先に休憩《きゅうけい》入っていい？　ちょっと見たい動画ライブがあってさ」

鉄板に油を引いて、ホットドッグに使うウインナーを焼き出す和馬。

「もう入るつもり満々じゃん。べつにいいよ」

「サンキュ」

和馬は気にしていない様子だけど、今日の翠さんはいつもと違う。なにかに悩んでいるように、ほら、今もぼんやりしているし。

和馬は気づかない。そういう鈍いところがあるから助かっている反面、私の恋は報われないんだろうな。

ふいに、和馬がまた翠さんのほうへ目をやった。一瞬のことだったけれど、そんなことでもこの間浮かんだ推理がまた頭をよぎる。

和馬は翠さんのことが好きなの？　蓮司の気持ちを知っていて、それをごまかすために私とつき合っていることにしたの？

思考は、和馬の大きなあくびでかき消された。

「それにしてもさ、まさか文化祭まで中止になるなんてな」

昨日の補講のときに、原田《はらだ》先生から文化祭が中止になることを告げられたのだ。

廃校寸前で予算がないとのこと。そんな予感はしていたし、クラスで実際悔《くや》しがっていたのは蓮司だけだった。

――和馬と会えなくなる。

高校を卒業するまでは一緒だと安心しきっていたから、思いもよらぬ事態に混乱している私がいる。さりげなく和馬を見て、気づかれないようにため息をこぼした。

「和馬はさ、高校どうするの？」

ずっと聞きたかったことを口にすると、和馬はウインナーを手早く切りわけながら、

「べつに」と答えた。

「言われたところに行くしかねーし。むしろ、勉強漬けから解放されてうれしいよ」

「蓮司と別れちゃうのに？」

「は？」

一瞬怒ったような目をしてから、和馬は軽く首をふった。

「男同士なんてそんなもんだよ。桜木《さくらぎ》さんとは……そっか、同じ高校なんだっけ？」

関心のなさそうな言いかた。言葉のはしにでも、私と違う高校に行くことが話題に出ることを期待したけれど、それもなかった。

和馬はもう受け入れて、次の未来へ向かっている。

私はまだ無理そう。

いつか、杏のようにあきらめることができるのかな。

あきらめなくちゃいけないのかな、この恋を。


和馬が休憩に入ってからも、お客さんはあらわれなかった。フロアのテーブルを拭いて戻ってくると、仕込みを終えた翠さんがジュースサーバーを拭いていた。

「あ、私がやりますよ」

そう言うと、「うん」と翠さんは力なく答えた。

やっぱり変だ。

「翠さん、なにかありましたか？　なんだか元気がないように見えます」

虚をつかれたように固まる翠さんが、小さく息をこぼした。

「あー、うん……。じつはさ、ケンカしちゃったんだよね」

「蓮司と？」

「うん」

唇を尖らせた翠さんが肩をすくめた。

「これから出勤してくるでしょう？　多分険悪な雰囲気《ふんいき》になると思うんだ。ごめんね」

「なにがあったんですか？」

興味本位じゃなく、本当にしょげている翠さんが心配になり尋ねた。翠さんは少し迷ったように布巾をたたみなおしたりしてから、

「好きかどうかわからない、って言われたの」

私は、耳を疑った。

「ウソ……それってどういうことですか？」

「あのね……じつは、告白したときにも同じこと言われてるの」

「告白したのは翠さんのほうだったんですか？」

全然知らなかった。こういう話をしたことがなかったっけ……。

「蓮司は恋愛よりも部活や勉強、友達に漫画。とにかくやりたいことが多くって、それを理解した上でつき合ってたんだよ。いわば『お試し』って感じで」

「そうだったんですか……」

翠さんはふうと鼻から息を吐いた。

「やっとつき合えたのにさ、むしろ遠くなった気がしてる。勝手にイライラすることも多くなったし、片想いが悪化して続いている感じ。で、ついに昨日『好きかどうかわからない』ってまた言われちゃった。で、一方的に怒っちゃったんだ」

「怒って当然です。仮にもつき合うことになったのに、そんな言いかたないですよ」

恋人なのに、片想いみたいな恋。

まるで私と和馬のようだな……。伝わらない気持ちがもどかしくていら立つ気持ちは、リアルに理解できる。

「まあ、急に学校閉鎖が決まったから仕方ないんだけど、つらくってね」

「はい」

「あ、このことは他のバイトの子には内緒ね。といっても和馬くんは知ってるけど」

「え、そうなんですか？」

「蓮司くんと和馬くんの間に秘密はないから」

さみしそうに言う翠さんに、なにか言おうと口を開いた。

けれど、

「おつかれさまです！」

当の蓮司が出勤してきたのでキュッと口を閉ざした。緑色の帽子をつけ、手を洗いながら鼻歌までうたっている。

翠さんは「おつかれさまです」と小声で答えると、紙ナプキンの補充にフロアへ逃げるように行ってしまった。

蓮司が私に「やあ」と挨拶《あいさつ》してから、

「休憩入っていいよ」

なんて満面の笑顔で言ってくるから、私はムカついてしまう。

「言われなくても休憩いただきます」

手早くバーガーを作ると、翠さんに声をかけて事務所に向かった。

気にした様子もなく蓮司は、レジをチェックしている。

なによ、蓮司のバカ。

事務所に入るなり、私はスマホで動画を見ている和馬の前にドンと座った。

「あのふたりがケンカしてること知ってたの？」

そう尋ねると和馬は、

「まあな」

なんて当たり前のように言った。

「なんで教えてくれないの？」

「なんで教えなきゃいけないんだよ」

それは……と言いかけて口をつぐむ。

私と和馬はあくまでウソ恋人。そう、ウソの恋人になんでも話をするなんておかしいもんね。頭では理解できても、ムカつく気持ちが抑えられない。

「今回のこと聞いたけれど、私は蓮司が悪いと思う」

動画から目を離さないで、和馬はうなずきだけで返事をする。

「だっておかしいと思わない？　好きじゃないのにつき合うなんてかわいそうだよ」

「俺たちも同じだろ」

あ、また傷つく。

恋をすると人は強くなると思っていたけれど、まるで逆。盾を持たずに戦っているみたいに打たれ弱くなっている。

和馬のほんのちょっとした仕草や言葉で、よろこんだり傷ついたりしている。

「違う、全然違うよ。翠さんは蓮司のことが好きだから、告白したんでしょ。詳しくは知らないけど、OKしておいて放置なんてひどいよ」

そう、私たちのようなウソじゃなく、翠さんは本当に蓮司を好きだからつき合っているんだ。あと出しじゃんけんで好きになった私とは全然違う。

それでも和馬はしばらくぼんやり画面を見ていたが、やがて乱暴にスマホを切った。

「あのさ、ひとつ言っておきたいんだけど――」

立ちあがる和馬の目が鋭い。怒ってるのかなと思ったけれど、次の瞬間には笑みが浮かんでいたから戸惑う。

「どんなに状況が悪くても、俺は蓮司の味方だから」

「……なにそれ」

「そのままの意味。友達ってそういうもんだろ？　どんなに間違ったことをしていても、最後まで味方になってあげたいんだよ」

「まあ、そうだけど。翠さんはどうなるのさ」

「どちらにしても、うまくいかないなら無理してつき合うことないと思う。翠さんだって別れちゃえばいいんだよ。だけど――」

　そこで和馬は言葉を区切り、眉《まゆ》を少しひそめた。迷ったようにゆっくり首をふった。

「今のは言いすぎだな。翠さんも友達だから、どちらかの応援するのは厳しい。なんたって、ふたりとも友達だからな」

　キッチンに通じるドアを開けてから、和馬はふり向いた。

「もしも陽菜がトラブルに巻きこまれたときも、俺が全力で味方になるからな」

　ありがとう、を言うべきなのかわからない。戸惑う私を残して、和馬は仕事に戻ってしまった。

　どんなときでも味方になってくれると言われてうれしかった。だけどそれは友達というカテゴリーにいるからこそのこと。

　――和馬は、本当の感情を隠している。

　彼が本当に守りたいのは、翠さん。

　その想いがバレないように、興味のないフリをしているんだ。

　好きな人のことは、手に取るようにわかってしまう。

　そして私は、もっとさみしくなる。

なだらかな坂をのぼりきると、左手に寸座駅《すんざえき》が見えた。先に到着していたのだろう、白いワンピースを風に揺らせた菜々緒《ななお》さんが立っていた。

菜々緒さんの向こうには、緑色が鮮やかに揺れている。その上には雲ひとつない空。絵画のような構図に見とれてしまい足が止まりそうになる。

つい先日会ったばかりなのに、「うれしい」とほほ笑む菜々緒さんが美しいと思った。

文字どおりの無人駅に、緑のトンネルを抜けた列車がタイミングよく到着した。

「乗るんですか？」

大きなつばつき帽子を頭にかぶっている菜々緒さんに尋ねると、にっこり笑ってドアに消える。乗りこむと、クーラーの冷気に汗ばんだ肌が冷やされる。

「陽菜ちゃんは自転車通学だからあんまり浜名湖鉄道《はまなこてつどう》には乗らないでしょう？　のんびりと列車の旅をしましょう」

窓側の席に並んで座ると、あっという間に景色は流れ、溶けだしていく。

最初はおたがいの近況報告をした。私は、学校が閉鎖になること、文化祭が中止になることなどを話した。けれど、菜々緒さんは話し終わった私に、「うーん」と首をかしげた。

「でも、本当のところは、なにを悩んでいるの？」

ごまかすこともできたはず。でも最初から菜々緒さんに聞いてもらいたかったんだ、と自覚した。

　私のことを理解してくれている彼女がうれしかった。

「あの……困ってて」

「うん」

　わかってるよ、とうなずく菜々緒さんの向こうに、まだ浜名湖がついてくる。さっきよりも少し遠くなる景色をながめていると、伝えることはひとつだと思った。

「好きになることの意味がわかりませんでした。和馬とも最初は、ウソ恋人のはずだったんです」

　熱くて痛いため息がこぼれた。列車がゆっくりと停まるけれど、誰も乗ってこなかった。

「この間会ったときには否定したけど……考えが変わったというか、気づいたというか」

　ちゃんと言わなきゃ、と菜々緒さんを見る。

「私、和馬のことが好きなんです」

　菜々緒さんが、私の髪をそっと耳にかけてくれた。

「でもウソの恋人だから告白なんてできない。そもそも彼は翠さんのことが好きだし
……」

「それはまだわからないでしょう？」

困ったような顔になる菜々緒さんに、首をふった。

見ていればわかる。彼はいつも蓮司と翠さんが楽しそうに話をしているとき、あきらめたような笑みを浮かべている。翠さんが話す言葉を全身で聞こうとしている。

「自分の鈍感さを憎んでばっかり。なんでこんな気持ちになるの？　苦しいだけなのに……苦しくてたまらないのに」

ツンと涙がこみあがってくるのを我慢する。

恋で泣くなんてバカみたい。

これまでの私ならありえないこと。それなのに悲しみがあふれてこぼれ落ちてしまいそう。恋は人をどんどん弱くしていくみたい。

「どうして恋なんてするの？　うれしかったり幸せなのは最初だけなのに、どうして？もうすぐ、和馬とは離れ離れになっちゃうのに……」

膝の上に置いた拳をぎゅっとにぎりしめる。強く、強く。

菜々緒さんがその手をやさしく包んでくれた。

「好きになるって不思議なことだよね。頭で考えるよりも気持ちが先に動いちゃうんだよね。この列車みたいに駅で停まれたらいいのに、途中で降りることもできなくなる」

涙をこらえているせいでうまく返事ができない。ただ、菜々緒さんの白くて美しい指先を見ていた。

ようやく落ち着いて「私」と声を出すけれど、自分でも驚くくらい声が震えている。

「恋なんて知りたくなかった。ずっと知らないままなら、平気だったのに……」

「私はね、陽菜さんの今の気持ちを大切にしてほしいな。好きなら好きでいいと思う。苦しくてもそれが本当の気持ちなら、自分で認めてあげようよ」

「……認めてあげる？」

「和馬くんと本当の恋人になりたいと願わなければ、無理して列車から飛び降りなくてもいいと思うの。ふたりの終着点まで一緒にいられるよ」

「終着点……」

「そう」とうなずいた菜々緒さんのリップがきらりと光った。

「当初の予定よりずいぶん早い終着点になっちゃったけど、そこまではウソでも恋人でいられる。だけど、ウソをつくことが苦しいなら考えなくちゃね」

その言葉が枯れた砂漠に雨が降るように、体に心にすっと染み渡る気がした。

夕刻、寸座駅に着くころには空は赤く染まっていた。浜名湖は金色に輝き、夕日は山に落下する寸前。結局、大半は掛川駅《かけがわえき》の喫茶店《きっさてん》で話し続けるデートになってしまった。

「なんだかすみません。私ばっかりしゃべっちゃった」

「ううん。私でよければいつでも。それでは最後に『さよならゲーム』をしましょう」

荷物を手にする私に、菜々緒さんが言ったので、

「今回は私の番だって」

と異議を唱える。

「でももう着いちゃうから、今回までは私の番ね」

絶対に時間を見計らっていたに違いないと思ったけれど、本当に駅に到着する寸前だったので、仕方なく譲《ゆず》ることにした。

菜々緒さんはそのまま最寄り駅まで乗っていくらしく、ここでお別れ。

「それでは問題です。これは行きにした話の続きです。私が思うに、陽菜さんは恋の入口のドアを開けちゃったと思うの。きっと気づいたら中に入ってた感じだと思う」

「それが質問？」

「話をしちゃダメなルールなのです」

「でも――」

「ここからの選択肢はみっつ。ひとつは、このまま春までウソ恋人を続ける。もうひとつは、ちゃんと告白をする。最後は、ウソ恋人をやめる」

列車がスピードを落とすなか、菜々緒さんは細い両腕を組んだ。

「どれを選ぶにしても、なかなか自分じゃ決断できないよね。だから私は陽菜さんがもっと和馬くんのことを知ればいいと思う」

静かに停車した列車の扉が開く。車両にある運賃箱にお金を払ってホームに降りた。

ふりかえると、菜々緒さんがやわらかくほほ笑んでいた。

「もっと相手を知ることで、自分の選択肢が見えてくる。それは本当でしょうか？　っていう問題なの。じゃあ、今日はありがとう」

扉が閉まると、笑みを残して、すぐに列車は動き出す。

長い影がホームに伸びていて、ひとりぼっちの自分を感じた。

もっと和馬のことを知る……。

考えるだけで怖いと思ってしまう私は、いつからこんなに弱くなったのだろう。


「うるさいな！」

バンとドアが開くと同時に、蓮司が飛び出してきた。

突然のことで固まる私に「あ」と口を開いたけれど、いつもの冗談もなく顔を伏せるように出ていってしまった。

あれ……まだバイト中のはずじゃない？

遅番の今日は、この夏の最高気温を記録したらしい。セミの大合唱が聞こえるなか出てきたので汗だくだ。自転車を停めていると、蓮司が出てきたのだ。

あんなに怒った声を出すのをはじめて見た。

なんだろう、と首をひねりながら事務所に入ると、和馬がいた。

立ったまま鋭い目でこっちを見ている。

「なんだ、陽菜か」

急に力が抜けたように、体ごと椅子《いす》にずどんと腰をおろした。

ナンダ、ヒナカ。

こういうひと言にいちいち気持ちが重くなるけれど、それどころじゃない。

となりには翠さんが座っていた。彼女は両手を顔に当てて……泣いている？

「え……どうしたの？」

おそるおそる入ると、聞こえていたはずなのに、和馬はそっぽを向いた。言いたくないのだろう。

「あ、ごめん。なんでもないの。和馬くん、ほら仕事戻って。店長ひとりで大変だから」

「あいつ、マジでムカつくな」

あいつ、とは今出ていった蓮司のことだろう。状況が把握《はあく》できずにコソコソとロッカーへ進み、荷物を置いた。

「今日はもうあがっていい。俺から店長には言っておくから」

「うん、ごめんね」

「大丈夫。陽菜もいるし」

チラッと私を見る和馬の瞳は動揺《どうよう》していた。それを隠すように「じゃあ」と厨房《ちゅうぼう》へ入っていく。

エプロンをしながら、どうしようかと迷う。

なんでもない、と言っていたけれど、どう見てもなんでもある状況。嫌な予感しかないけれど、やっぱり翠さんが心配だ。

ティッシュで鼻をかむ翠さんの横につく。

「大丈夫ですか？」

「うん。ごめんね、ほんと……ごめんなさい」

最後のほうは聞き取れず、翠さんはむせぶように泣いた。こらえてもこらえても涙があふれるみたいで、ずっと謝り続けている。

蓮司となにかあったんだ。

「もし、聞いてもいいのなら教えてください。……心配なんです」

こういうとき、気の利《き》いた言葉がするりと出ればいいのに。

迷ったように翠さんはドアのほうを見てから、口を小さく開いた。

「もう……ダメかもしれない」

「蓮司……と？」

「この間からどんどん関係が悪くなってて……。会ってもケンカばっかりなの」

「そうなんですか……」

「告白なんかしなきゃよかった。そんなことを思ってしまうくらい、ヤバいんだ。好きなのに、好きだけじゃダメだって言われている気分なの」

涙をまた落とす翠さんに、言えることなんてなかった。

ただ、彼女の気持ちはこれまででいちばん伝わってくる。好きだけじゃどうしようもない。それは私も同じだから。

「ごめん、今日は帰るね」

最後までやさしい声で言う翠さんが痛々しくて、まるで自分を見ているようだった。

バイトの時間中不機嫌だった和馬は、さっきのことについては一切触れてこなかった。

その割にいつも以上に指示を出してくる。

「違う。もっとソースは少なめに」「サイドメニューが渋滞してる」「トマト切って」

まるでさっきのイライラを、私にぶつけてくるようだった。

なんで和馬がイライラするの？　それは、翠さんが泣いていたから。

疑問と答えが一緒に出てくるほど、彼の気持ちがわかる。

菜々緒さんの『さよならゲーム』の答えを出すには、和馬のことをもっと知らなくてはいけない。冷静に観察していると、この恋は私にはかなり不利だという結論しか出ない。

今だって、彼の頭のなかは翠さんで埋めつくされている。

ようやく勤務時間が終わり、クローズの作業を店長に引きついだ。

ロッカーへ行くと、先にあがったはずの和馬がいた。不機嫌そうに椅子に座っている。

「おつかれさまでした」

一応声をかけると、私をチラッと見てから、和馬は全身でため息をついた。

「悪い」と聞こえるか聞こえないかくらいの小声が耳にとどく。

「陽菜は悪くないのに、感情的になってた」

「うん」

「これ、どうぞ」

差し出された三ヶ日《みっかび》みかんジュースを受け取る。

「謝罪の気持ちってこと？」

「いじめるなよ」

ようやく笑みを浮かべた和馬。最初のぎこちない笑みじゃなく、素直な感情だと思った。

手早く着替えをしてとなりの席に座ると、和馬はまた大きなため息をついた。

「聞いたろ？　ケンカのこと」

「うん。翠さん、泣いてたね。蓮司の味方をするって言ってたよね？　今回はどうするの？」

「正直なとこ、わかんねぇ」

あきらめたように、和馬は天井を仰《あお》いだ。

「恋のことには口出しできないからな」

「恋ってややこしいね」

恋は私たちをおかしくさせる魔法みたいだと思った。それも、極悪の魔法。

魔法が解ければいいと願う気持ちと、このまま永遠に魔法にかかっていたい気持ち。どちらもあるなら、私が選ぶのはどっちなんだろう……。

「帰るか」

和馬が立ちあがったときだった。外へ通じるドアが開き、蓮司が姿を見せた。

まだエプロンをつけたままで決まり悪そうに立っている。

「ごめん。なんか、本当にごめん」

頭を下げている。途中で帰ったことへの謝罪だろう。

和馬はリュックを肩にかけ、蓮司を押しのけるように外に出た。

「店長に謝っとけよ」

「ああ。陽菜もごめんね」

「ううん。あの……翠さん、大丈夫？」

その質問をしなければよかった、と私はあとあと後悔《こうかい》することになる。

蓮司は首を横にふると、そっと口を開いた。

「俺たち、別れたんだ」

と。

もう夜なのに、時間を忘れたセミの声がジジッと近くでした。

なにも言わない私たちを置いて、蓮司がなかに入っていく。店長に謝りに行ったのだろう。

和馬はじっと斜め下のアスファルトをにらんでいる。微動だにせず、なにか考えているようだった。

やがて戻ってきた蓮司が、自分の自転車に手を伸ばしたとき、

「別れたって、本当に？」

和馬が低い声で問うた。聞いたことのないくらい、低い声だった。

「そう。別れた」

「……ケンカが原因で？」

「いろいろあったんだよ」

「翠さんは？」

「バイト辞めるって言ってた。だから迷惑かけちゃうけど――」

ガシャン！

すごい音がして我に返ると、蓮司が自転車ごとアスファルトに転がっていた。走ってもないのに、後輪がゆっくりまわっている。

和馬の右手が拳をにぎりしめているのを見て理解した。

……殴《なぐ》ったんだ。

蓮司は「痛いな」とつぶやいて体を起こした。まるで殴られることがわかっていたかの

ようにうすい笑みを浮かべていた。

「ふざけんなよ。翠さんがどんな気持ちでつき合ってたと思ってるんだよ！」

こんな怒っている和馬を見るのははじめてだった。低い声が震えている。

「わかってるよ」

「わかってない！　お前はなんにもわかってない！」

叫ぶと同時に、蓮司のシャツの襟元《えりもと》を摑《つか》む和馬。

「お前はいつもそうだ。しっかり考えずに行動ばかりして。翠さんはどうなるんだよ。俺の気持ちはどうなるんだよ！」

ああ……。

その言葉を聞きたくなかった。

和馬はやっぱり翠さんのことが好きだったんだ。けれど親友の恋を応援したくて、私というウソの盾を使って身を引いた。

もうこの盾は使えないよ。

だって、今の言葉でボロボロに朽《く》ち果てたもの。私にはあなたを守ることはできない。

恋をしないはずのふたりだからこそウソ恋人になったのに、いつしかふたりとも一方通行の恋に落ちていたなんて……。

呆然《ぼうぜん》とした頭で、和馬が右手をふりかぶるのが見えた。また殴ろうとしているんだ。気づいたときには体が動いていた。

「もうやめて！」

力いっぱい和馬を突き飛ばすと、あっけなくアスファルトに横倒しになった。蓮司が私を見て目を丸くしている。

「暴力は絶対にダメだよ。ちゃんと話し合いで解決しなくちゃ」

泣きたい。泣きたい。泣きたい。

なんでこんなことになっちゃったの？

痛そうに顔をしかめた和馬が、

「陽菜だって今、暴力ふるったろ」

ボソッと口にした。その声が少し落ち着いたように耳にとどく。

「今のは不可抗力《ふかこうりよく》、正当防衛《せいとうぼうえい》、不承不承《ふしょうぶしょう》」

違うかもしれないけれど思いつくまま口にすると、和馬はその場であぐらをかいた。

「……蓮司、もう行けよ。今、お前と話をしたくない」

肩で息をついた蓮司が、自転車を起こして乗る。

「陽菜、ありがとう。助かったよ」

なんでこんなときに笑えるのだろう。少しの不信感を顔に出す私に、蓮司は片手を挙げてから自転車で去っていった。

まだあぐらをかいている和馬のうしろ姿がある。

「なんだよ、今の……」

納得できないのだろう、ブツブツくり返す和馬。

ねぇ、知ってる？　私が和馬を好きなこと。そして、あなたの好きな人も知っているってことを。

言えない。言えない。言えない。

それでも万が一にもかなう可能性があると、心の底で願っているなんて。

言えないんじゃなく、言わない、だ。

帰り道も、おたがいに無言のままコンビニまで来た。どちらからともなく、店内に入り、アイスを買った。甘さを感じないくらい、体の感覚がおかしくなっていた。

無言でアイスを食べ終わると、和馬が自転車を押して歩き出すのでついていく。

先に見える交差点で私たちは別の方向へ帰っていく。

「最悪」

久しぶりに口にした和馬の言葉に、私は足を止めた。

「いや、俺が最悪ってこと。人を殴ったことなんてなかったのに」

「ふうん」

「信じてないだろ？　こう見えても平和主義者で生きてきたつもり」

さっきより穏やかな横顔が月明かりに光っている。

神秘的というより、はかなくて消えそうに浮かんでいる。

「最近さ、よくわかんねーんだよ。蓮司の味方をしたいのに、あれはあんまりだよな……」

好きな人が傷つくところなんて見たくないもんね。

ねぇ、和馬。私は今ボロボロなんだよ。必死でウソ恋人を演じているの。

菜々緒さんの『さよならゲーム』の答えは、もうとっくに出ている。

相手を知ることで、自分の本当の選択肢が見えてくる、というのは、まぎれもなく本当のことだった。

和馬の気持ちが翠さんに向かっていることを知ってしまった今、選ぶべき未来はひとつだけしかない。

私たちは、ウソ恋人という契約を解消するべきなんだ。

「ねぇ、和馬——」

言いかけた私に、和馬は「うわ」と言ってポケットからスマホを出した。小刻みに震えるスマホの画面を見た和馬が首をかしげる。

「蓮司のお母さんからだ。いつもはＬＩＮＥなのにめずらしい」

スマホを耳に当てた和馬の表情が柔らかくなった。

「和馬です。今バイト終わったところでして。はい、そうで――。……え？」

急に低くなる声。和馬の視線が宙の一点で急停止した。

「はい。はい……」

機械的にうなずく声とともに、どんどん表情が硬くなっている。

蓮司のお母さんが、和馬になんの用事なんだろう……。

「……わかりました」

通話を切った和馬の腕がだらんと下がった。そのままコンビニの明かりを見つめている。

「和馬？」

呼びかけると、ハッとした和馬がゆっくり首を横にふった。

「え……。あ、俺行かなきゃ」

ふらりと自転車にまたがる和馬は、まるで操り人形みたいに不安定に動いている。

「今の電話、蓮司のお母さんからなんでしょう？　蓮司になにかあったの？」

「蓮司……あ！」

ビクンと弾けたように我に返った和馬は、大きく目を見開いた。

「蓮司が事故に遭《あ》ったって――」

「え⁉」

蓮司が事故に⁉

「どういうこと？　車との事故？　それとも――」

質問に答えず和馬は自転車で走り出してしまう。すごい速さであっという間に横断歩道を渡っていく。

「待って。待ってよ！」

あわてて自転車に飛び乗り、追いかける。

追いかけても追いかけても和馬のスピードはすごく速くて、必死になってペダルを漕《こ》ぐけれど距離は縮まらない。

頭のなかで、ぐるぐるさっきの会話がまわっている。

蓮司が事故に遭ったという連絡は本当のことなの？　誰かのいたずらなんじゃないの？

和馬が向かっているのは、蓮司の住む町にある総合病院のほうだけど、追いつきたい気持ちはどんどん消えていくみたい。

だってどんなふうに話しかけていいのか、わからない。

なにを聞いても、動揺《どうよう》している彼に答えは期待できない気がした。

結局、和馬は病院につくまでの間、一度も私をふりかえらなかった。

到着すると同時に、和馬は自転車を乗り捨てて中に入っていく。横倒しになった自転車を立てていると、ふいに指先が震えた。自分の両手をじっと見てみる。

これは……リアルなんだ。どうしよう……。蓮司になにかあったら、どうしよう。

うす暗い受付の前をとおりすぎ、『救急外来』と書かれたドアの向こうに、和馬を見つけた。

立ち尽くす和馬の向かい側に、中年の女性が顔を覆《おお》うように長椅子《ながいす》に座っている。きっと蓮司のお母さんなのだろう。

私に気づいた和馬が、スローモーションでこっちを見た。

その頬《ほお》が涙で濡れている。

「ああ、陽菜……」

両手をすっと伸ばして私の腕をつかんだ和馬。支えるようににぎり返す。

「蓮司、自動車に撥《は》ねられたって……」

「自動車に……？　蓮司の容態は？」

「意識が戻らないって――」

痛いほどに腕に力が入っている。

「意識が？　え、どういうこと？」

「わからない。ああ、わからない。どうしよう、なあ、どうすればいいんだよ!?」

咆哮《ほうこう》のような叫びが、うす暗い廊下《ろうか》に響いた。

乱暴に腕を離すと、和馬はその場にうずくまり嗚咽《おえつ》を漏《も》らした。

そんな和馬を、私はしびれた頭で見ていることしかできなかった。

6　君がいた夏は、青く

グラニーズバーガーと書かれたガラス戸を押して店内に入ると、クーラーの風が汗を一気に冷ましていく。

私に気づいた翠《みどり》さんが、レジの前に来てくれた。

「今日シフト入ってないよね？　お客さんとして来たの？」

「友達と待ち合わせなんです」

杏《あん》との待ち合わせ場所をバイト先にしたのは、本当は翠さんの様子を見たかったから。

ポテトとコーラを頼むと、慣れた手つきで翠さんはレジを打つ。

……ひどい顔をしている。

目の下のクマはこの間より濃くなっているし、オーダーをとおす声にも張りがない。

当たり前か……。つき合っていた人にフラれ、その人が事故に遭《あ》い、結局バイトも辞められなかったのだから。

あまり見すぎているのもおかしいので、千円札を渡してからガラス戸に目をやった。気がつけば八月も間もなく終わる。

うだるような暑さが続くこのごろは、テレビで水不足のニュースを連日放送している。ついこの間まで梅雨《つゆ》だったのに、気がつけば真夏のなかにいる。太陽はこの町をジリジリと焼いているみたい。

あの事故から十日がすぎた。まだ意識不明のまま、蓮司《れんじ》は入院している。頭を打ったらしく、内出血がひどいそうだ。

奥のテーブルにつくと、昼すぎの店内には一組のカップルがいるだけ。楽し気に話をしている。以前の私なら冷めた目で見ているだけだったのに、今はただうらやましかった。

恋をするまでは、知らなかったことがたくさん。

恋をして失ったこともたくさん。

和馬《かずま》とはあれ以来、ほとんど顔を合わせていない。毎日のように病院へ様子を見に行っているらしく、バイトはずっと休んでいる。

そのぶん、私と翠さんがシフトをまわしている状況。最近では新しいバイトの子も増え、教えなくちゃいけないことだらけ。

蓮司の容態がわからない今、私は私ができることをするしかない。

「お待たせしました」

テーブルに商品の載ったトレーを置くと、翠さんが困ったような顔になった。言うか言わないか迷うような顔をしたあと、翠さんは小さく息を吐いた。

「なにか、聞いてる？」

上目遣いで気弱な表情を見せる翠さんに、申し訳ない気持ちで首をふった。

「いえ……。まだ、目覚めないそうです」

「あの、さ……。ちょっとだけ、話をしてもいい？」

「はい」

シフトが入れ違いばかりで、引継ぎくらいでしか話をしていなかった。どちらからでもなく、肝心《かんじん》の話を避けているような毎日だったから。

「蓮司と別れたこと……聞いたでしょう？」

「聞きました」

素直にうなずくと、「そっか」と翠さんは言った。

「あの……大丈夫ですか？」

うつむく翠さんに声をかけると、彼女はゆるく首を横にふった。

「大丈夫なわけないよ。昨日まで恋人だった人が事故に遭ったんだもん」

「……すみません」

ハッと顔をあげた翠さんは、「違うの」と、あわてて言った。

「責めているわけじゃないの。ただ……自己嫌悪が半端《はんぱ》なくって。蓮司が事故に遭ったのはね……私のせいだと思うから」

「どうしてですか？　だってあの日は——」

思い出したくない記憶をたどる私に、翠さんはまた「違うの」とくり返した。

「たぶん……陽菜ちゃんや和馬くんは勘違いしてる。だからそれを伝えたくて、さ」

「勘違い？」

「本当はね……蓮司に別れようって言ったのは、私のほうなの」

「え……」

うすく笑みを浮かべた翠さんが肩の力を抜くのがわかった。

「やっぱり聞いてないんだね。蓮司のことだから、自分が悪いように言ってるんじゃないかなって思ってた。蓮司は悪くない。私が、限界だったから別れたの」

思ってもいない告白に、思わずコーラを一気に半分近くまで飲んだ。炭酸がやけに辛《つら》くて胸を押さえる。

「ど……うしてですか？」

てっきり蓮司から別れを告げたものだと思っていた。あの口調では、和馬だってそう思っていたに違いない。

翠さんは「バランス」と口にした。

意味がわからずぽかんとする私に、目の前で翠さんは泣き笑いのような顔になる。

「蓮司の視界に私は、半分も映ってなかった。彼は自由にしていたかったし、私は彼を独占したかった。天秤《てんびん》の片方ばかりが重くなっていくみたいでバランスが取れなくなっていたの。つき合っているのにつき合っていないみたいな毎日はバランスが悪くておたがいに窮屈《きゅうくつ》で、息苦しくて……。だから先に逃げ出しちゃったんだよね……」

「そうだったんですか……」

「きっと和馬くんも勘違いしていると思ったから。ほら、和馬くん、やさしいから。もし会うときがあったら、陽菜ちゃんから伝えてくれる？」

入口から杏が入ってきて、私を見て手を挙げた。

翠さんは「ごめんね」を残して、レジに戻っていく。

「いらっしゃいませ」

明るくて悲しい声に、視線が勝手に下がってしまう。

もうポテトは湯気を立てていなかった。

「お待たせ。ちょっと混んでてさ」

向かい側の椅子《いす》に腰をおろす杏は、Tシャツに麻のスカートで夏らしい恰好《かっこう》をしている。

久しぶりに杏にも会ったな、と思う。夏休みの補講にはそれなりに行っているけれど、杏はサボりがちだ。

「今のレジの人が翠さん？」

「あ、うん……」

そっか、はじめて会うんだっけ……。杏にそそのかされてバイトをはじめてからも、ずいぶん時間がたつのか。

「蓮司くんの様子はどうなの？」

私のポテトをひょいとうばった杏に、

「まだ意識が戻らないんだって」

知っている情報を伝える。

「そっか。早くよくなってほしいね」

ウーロン茶のストローに口をつけた杏。少し飲んでから、なにか言おうと口を開いた。

そして、また閉じる。

「やだ、めっちゃウケるし」

となりのカップルの女子が明るく笑う声が、店内のBGMに重なった。

横目で確認した杏が、「あのさ」と口にした。

「今日の映画、やっぱり行くの止めない？」

これから浜松駅《はままつえき》まで遠征して、ショッピングと映画を観る予定だった。

「べつにいいけど、なにかあったの？」

首をかしげる私に、杏は軽くうなずいた。

「こんなときにこんなこと言うのはなんだけどさ……。やっとトンネルを抜けた気がするの」

「トンネル？」

「そう、トンネル。前にみんなに『蓮司のことあきらめた』って言ったでしょう？」

「ああ。夏休みの前だよね？」

「そのあとは陽菜《ひな》に『もういい』って言ったよね」

そうだった。杏の蓮司への想いは行ったり来たりしていたっけ……。なんだかずいぶん前のことのように思える。

杏が自嘲《じちよう》気味に笑った。

「あれは半分が本当で、半分がウソだった。一年以上片想いしていたのに、いきなりあきらめられるわけないもん。あれからもずっと心が残ってた」

そうだったんだ……。ひょっとしたらそうかも、と思いながらスルーしてしまっていた。

「あれからも結構苦しくてさ、こう見えて泣いたりもしたんだよ」

ニヒヒと笑う杏にいたたまれない気持ちになる。

「気づいてあげられなくてごめんね」

「いいの。むしろ、やさしくされてたなら抜け出せなかっただろうし。でもさ、この数日すごく穏やかな気持ちなんだ」

笑みを浮かべたままで杏は人差し指を立てた。

「こんな名言があるの。『嫉妬《しっと》は自分のなかで生まれ、自分のなかで育つ』。あの有名なシェイクスピアの言葉なの」

「嫉妬していたの？　え、誰に？」

するとは杏はあげた人差し指を、そのまま私に向けてきた。

「陽菜がうらやましかった」

きょとんとしてしまう。なんで私なの？

ゆっくりと瞬きをすると、杏は決心したような目で私を見た。

「恋愛なんて興味ないって言ってたのに、気づくと和馬くんとつき合っているんだもん。あっという間に追い抜かれた感じで、正直嫉妬してた。だって、あたしは永遠に自分から話しかけることもできなかったから。名言を知っていても、なんの役にも立たなかったんだよね……」

懺悔《ざんげ》のような告白に、私は首を横にふった。

違う、杏は勘違いしている。だけど、勘違いさせたのは私のせいだ。

「あのね、杏……」

「蓮司くんが事故に遭《あ》ったって聞いたときね、すっと気持ちが変わっていくのがわかった。恋というフィルターのせいでお見舞いにも行けないのはおかしいもん。だから、今日は友達として蓮司くんのお見舞いに行きたい。いい？」

「……わかった」

「そうと決まったらお見舞いの品物を買いに行こう。寸座《すんざ》の近くにあるお土産物屋《みやげものや》さんに寄ってから行かない？」

気持ちがもうそっちに向かっているのだろう、杏は立ちあがってしまっている。

「杏」

「ん？」

「向かいながらでもいい。私も話したいことがあるの」

もっと早く杏に話をしておけばよかった。

彼女は怒るだろうか？　和馬がウソ恋人だと知ったら。

そして、その恋を終わらせることにしたと知ったなら。


病院の受付前にある待合所でさっきからずっと杏は泣いている。

日曜日だから診療はやっていないけれど、見舞いに来たらしい人たちが興味深そうに私たちを観察しては去っていく。

「じゃあ……陽菜は、あたしたちの恋バナに合わせるためにウソ恋人を作った。そういうこと？」

「うん」

もう三回目くらいの確認だ。こくりとうなずくと、「ああ」とうつむく杏。

「ウソでつき合ったはずなのに、本当に好きになっちゃったんだね」

「うん」

「やっと好きになれたのに別れる、の？」

うめくような声を出し、ハンカチで涙を拭《ぬぐ》う杏の肩を抱いた。

「杏にだけは話をしておけばよかった。それならこんなことにならなかったかもしれないのに」

「あたしも勝手に恋愛を神様のように持ちあげちゃってたし……。ようやく蓮司くんへの気持ちに区切りがついた今、教えてもらってよかった」

　胸を押さえ、なんとか涙を止めた杏が「でもさ」とつぶやく。

「あたしたちって、恋を知ることで幸せな気持ちにもなれたけれど、片想いはいつかはやっぱり苦しくなるんだね」

「それすごくわかる。意味のわからなかった名言が、最近はすとんと胸に落ちるし」

　杏は体を曲げて、私の顔を上目遣いで見た。

「陽菜は別れることないじゃん。このままいけば、卒業まではウソ恋人でいられるのに」

「そう思ってた。でも……杏と一緒なの。どんどん和馬のことを知るたびに、気づくことがたくさんあってさ。でも、今は苦しい気持ちばっかりなんだ」

　彼が翠さんを好きだとしても、卒業まで続けていける気はしていた。けれど、彼も迷っている。だからこそ、連絡も途絶えている。

　蓮司の事故で、それぞれの立ち位置が明確になったよう。

　翠さんは大丈夫なのかな。もしも和馬が翠さんを好きならば、その気持ちが少し理解できる。彼女もまた、やさしい人だから。

「今、和馬くんて蓮司くんの病室にいるの？」

「たぶん、そうだと思う」

そう、とうなずく杏が立ちあがった。

「あたし、帰る」

「え⁉」

急な発言につられて立ちあがった私の肩に、杏は手を置いた。

「さっきまでは行く気満々だったけど、今じゃないと思うから」

「またそうやって意見をころころ変えるんだから……」

不満を言う私に、杏は首を横にふった。

「今はさ、まず陽菜に、ちゃんと和馬くんと話をしてほしいから」

「別れるってことを？」

「それも違う。さっきの話だと、和馬くんも翠さんのことを好きかもしれないのでしょう？　でも、ちゃんと確かめてからのほうがいいよ」

「……聞くってこと？　今は和馬はそれどころじゃないし——」

言いかけた私に首を横にふる杏。長い髪の毛が一緒に揺れた。

「菜々緒《ななお》さんだっけ？　『さよならゲーム』の課題をちゃんとやってないじゃん。きちんとした事実を知ってから、決断しても遅くないよ」

自分なりには出したたと思うんだけどな……。

「陽菜の弱点は勝手に考えて結論を出すこと。選択肢を選ぶなら、ちゃんと確かめてからじゃないと、ずっと後悔《こうかい》することになるから」

「そういうものなの？」

「そういうものなの。だから、少しでもいいから和馬くんの本当の気持ちをたしかめてみて。じゃあ、またね」

「あ、待ってよ」

もう杏はふりかえらずに、出ていってしまった。

自分だって蓮司への気持ちを確認できなかったくせに。

ひとりエレベーターに乗り五階のボタンを押す。一般病棟に移った蓮司の個室の番号は、和馬から聞いていた。

ドアをノックして入ると、大きな音で歌が流れていた。

和馬が私を見て、「ああ」とスマホを操作し音量を絞《しぼ》った。

部屋の中央のベッドの上に蓮司はいた。口に酸素マスクをつけて、体から伸びた何本ものコードは、床にある大きな機械につながれている。

蓮司の心臓が動くたびに機械が電子音を鳴らす。まるで眠っているように穏やかな表情。

丸椅子《まるいす》を横に置いてくれたので、和馬の横に座った。

「容態はどうなの？」

横顔に尋ねた。私が好きで、いちばん近くていちばん遠い存在。

「内出血も止まって、この一週間はずいぶん安定している」

和馬の視線は蓮司に向いたまま。

「そう……」

「脳波も落ち着いてて、もうすぐ目覚めるはずだって」

体全体で息を吐いた。よかった……。

「ほんと、いつまで寝てるんだか」

笑みまで浮かべる和馬。彼も現状を理解し、少し落ち着いたのだろう。

「でもさ――」

和馬が蓮司の足元あたりを見た。

「左足を複雑骨折してて、治っても後遺症が残る可能性が高いんだって。まあ、生きててくれたからいいけど」

まだ笑みを浮かべる和馬の瞳があたたかい。

「この曲って蓮司が好きな曲？」

「いや、俺の好きな曲。マイナーだけど前から蓮司に勧めてるんだ。あいつは全然好みじゃないみたいだけど、無理やり睡眠学習させてる」

いたずらっぽく言うと、音量を少しあげた。丸い声の男性ボーカルが歌っている。

『僕の前で　そんなふうに彼の話をしないで
楽しい話も　ケンカした話ですらも　笑ってみせるよ
あとで落ちこんでいるなんて　想像もしないだろう？
君は僕を好きにならない　僕の好きな人は僕を好きじゃない
透明人間さ　君には見えない透明人間
透明人間さ　君にだけ見えない透明人間』

はじめて聴く曲なのに、心地よいメロディに落ち着いた声がすっと胸にとどく感じだった。

和馬はほかの好きな曲も教えてくれる。うれしそうに、少し悲しそうに。

……あれ？

違和感がなにか生まれたけれど、曲がフェードアウトすると同時に消えてしまった。

「蓮司のお母さんは？」

「おばさんは今日は遅番。俺は三時までの担当だから」

お見舞いのシフトを組んでいるなんて和馬らしいな。

「あ、そうだ。バイト……悪いな。たくさんシフトに入ってくれているんだろう？」

「平気だよ。てか、夏休みの課題は大丈夫？」

「もう終わったよ。見舞いしながらやってたら終わってしまった」

あっさり言う和馬が、壁にかかったカレンダーに目をやった。

「もしもさ、蓮司がまた高校に通えるようになったら……って、絶対そうなるんだけど、文化祭やらね？」

「でも、中止になったよね？」

まっとうな意見に顔をしかめる和馬。

「クラスの内々だけでもいいからやりたいんだよ。先生にも内緒でさ」

「教室でやったら確実にバレると思うけど……」

「やりたいんだ、蓮司のために」

目を閉じたままの蓮司を見ている日々のなか、その思いが強くなったのだろう。誰よりも蓮司がいちばん文化祭を楽しみにしていたから。

そうしてまた違和感が胸に生まれる。

たとえるなら、最初からそこに存在していたのに見えなかったものが輪郭《りんかく》を濃くしていく感じ。

目をこらしてその形を見ようとしたときだった。

「なんの話してるの？」

と声が聞こえた。

見ると、和馬が口をぽかんと開けている。今のは和馬の声じゃなかった。

ハッとベッドを見ると、蓮司がうっすら目を開けていた。

「ここ……どこ？」

「蓮司！」

ベッドにしがみつくように叫ぶ和馬に、

「うるさいなあ」

蓮司は言ってから、

「なんかいろいろ痛いんですけど」

と小さく笑った。私もいつの間にか立ちあがっていたみたい。丸椅子が床に転がっていた。

「看護師さん呼んでくるね！」

病室を飛び出し、ナースステーションへ走った。目が覚めたことを伝えると、看護師さんはドクターに連絡を入れてから、病室へかけていく。

蓮司の目が覚めたんだ……。よかった。

涙で視界がぼやけるけれど、それよりも連絡しなくちゃいけない人たちがいることに気づく。

蓮司のお母さん、翠さん、杏、先生にも。

泣いている場合じゃない。

病室のドアを開けると、看護師さんがうれしそうに蓮司に話しかけていた。

蓮司のベッドの手すりをにぎりしめ、和馬は泣いている。

「蓮司のお母さんに……」

私の声もとどいていないようで、和馬はまるで子供のように泣きじゃくっていた。


バイトが終わるころには、夕暮れは終わりかけていた。

あと三日すぎれば九月。だんだんと夜が訪れる時間が早くなってきているみたい。

コンビニの前で会う約束をした和馬は、私よりも先に到着していたみたい。自転車にまたがったままアイスなんか食べている。

「今日も病院行ってきたの？」

「ああ。ずいぶん歩けるようになったよ。左足はやっぱり引きずることになるだろうけど、あいつ負けん気が強いからさ」

きっと、ものごとはいつだって単純なことばかり。

単純なことが重なって、複雑に絡み合っているように見えているだけ。

「そういえば、今日さ、翠さんがお見舞いに来たよ」

和馬の言葉にも、もう私は動揺《どうよう》しない。

「不思議なんだよな。ふたりとも前みたいにケラケラ笑っててさ、すっかり友達に戻ってる感じだった」

そこには翠さんの葛藤《かっとう》や覚悟があることを知っている。でも、それすらもいつか思い出になっていくのだろう。

「翠さん、十月にはバイトを辞めて受験勉強に集中するんだって。それまでにふたりとも戻れそう？」

「蓮司はムリだろうなぁ。俺は明日からはシフトに入るよ」

しばらく沈黙が流れた。夕焼けは山の向こうに消え、空には星がいくつか光っている。

「で、話ってなに？」

和馬の声に、私は空から視線を彼へ戻す。

大丈夫、心はこんなに落ち着いている。和馬自身を深く知ることでたくさんのことがわかった。

ウソ恋人ではじまった私たちが、本当の恋人になる可能性なんて最初からなかった。ルール違反をしたのは、まぎれもなく私のほうだったんだ。

「恋愛って不思議だよね」

私の言葉に和馬はあいまいにうなずく。話の意図を探ろうとしているのか、じっと私を見ている。

「でもさ、私なりに思う本当の恋って、最終的には自分の幸せじゃなく、恋する相手の幸せを願えることなんだと思った」

「なんだよそれ……」

いつか、理由を言える日が来るのかな。

でも、それは今じゃない。

「ごめん。意味がわからないよね」

「まったくわからない」

肩をすくめる和馬を心に焼きつけるように見た。

さあ、告げよう。私の本当の気持ちを。

「和馬にお願いがあるんだ」

「ん」

短く答えた和馬から目を逸《そ》らせ、私はもう一度空を見た。

どうか、この想いが空に昇り、いつか消えますように。

「和馬、私たち別れよう」

にっこり笑って言えた。

「ちょ……」

「別れるっていっても、元々ウソ恋人だから、契約解消ってところかな」

「待てよ」

「待たない。じゃ、帰る。バイバイ」

バイバイ、和馬。

笑顔のままで自転車を漕《こ》ぐ。彼は私を追いかけない。

そんなこと最初からわかっていたのに、必死でペダルを漕いだ。

家の近くで近所のおばさんと会った。笑顔で挨拶《あいさつ》をして、また自転車を漕ぐ。

やっと家に戻るとお母さんがいた。今日は休みだっけ。

「今日は今年最後の冷やし中華を作ったのよ。ゴマダレで──」

言いかけたお母さんがふいに口を閉ざした。

じっと私の顔を見てから、ふうとため息をつく。

私はただ立っている。今も笑えているはず。泣いてなんかいない。

やがて両手を腰に当てたお母さんが尋ねる。

「どっちがいい？」

「どっち、って？」

「お母さんの胸か、自分の部屋か」

ああ、とようやく息ができた気がした。

「……部屋」

つぶやくように答えた。

「よし。じゃあ行ってきなさい」

「うん」

二階へあがり、制服を脱ぎ、ジャージに着替える。

スマホを充電し、部屋の電気を消して、ベッドに横になった。

そうしてからやっと、私は声をあげて泣くことができた。

7　さよならゲーム

始業式が終わったあと、みんなが教室に戻ったのを確認して、和馬《かずま》の席へ行く。

彼は私を見て、わざとらしく大きくため息をついた。

「なによ、顔を見るなり、ため息つくのやめてよね」

「本当にやるのかよ」

「何度も話し合ったでしょ。例の計画の話もしなくちゃいけないし」

三日間泣いて、それから和馬と作戦会議をした。

和馬は別れることを納得していない様子だったけれど、『ウソ恋人より、蓮司《れんじ》のために文化祭を成功させたいから』と力説する私に、最後はうなずいてくれた。

好きな気持ちは全然消えていないけれど、それでも先に進まなくちゃいけない。使命感に衝《つ》き動かされている感じだった。

「さ、行くよ」

ほら、今だって平気な顔が作れている。

だるそうに立ちあがる和馬の腕に、自分の左手を絡ませた。まわりの子たちが口笛を吹いてはやしたてるなか、ゆっくり教壇《きょうだん》にあがる。

「どうしたの？　ふたりして」「まさか、結婚宣言⁉」「マジで！」

注目を集めるなか、杏《あん》が私を見て悲しくうなずいた。杏、ありがとう。感謝の気持ちをこめて笑みを返した。

「みなさんにお知らせします。私たち、別れることになりました」

一瞬の沈黙。続いて、みんなの声が、驚きで爆発した。

たくさんの質問が浴びせられる。和馬は不機嫌なままでポケットに両手を突っこんで立っていた。

「和馬、笑って」

「別れる会見で笑えるかよ」

なんて言いながら、やさしい笑みを見せてくれた。私が好きだった彼のほほ笑み。

これから友達に戻れば、もっとたくさん見ることができるだろう。

春に生まれた恋は、秋に消えていく。本当は、四つの季節を恋人としてすごしたかった。

これからの季節なら、一緒に雪を見たかったな……。

とはいえ、この町は雪があまり降らないことで有名だから、元々かなわない願いだったたけれど。

　気持ちを切り替えて、バンと教壇に両手をついた。

「聞いてください！」

　私史上最大の声に、ピタリと喚声《かんせい》が止んだ。

「今言ったように、私と和馬は別れます。ふたりで何度も話し合って決めたことです。私たちは恋人じゃなく親友になることにしたんです」

「なにそれ⁉」

　誰かの声を聞こえなかったことにして続ける。

「理解してもらえないかもしれないけど、私たちはすっきりしています。だから、もうこの話はおしまい」

　またざわめく教室。次は和馬が言う番だ。チラリと視線を送るとわかったよ、というふうに一歩前に出た。

「なあみんな」

　和馬が全体に向けて話をするのははじめてのこと。誰もが驚いた顔をしている。

「ここからはみんなに提案をしたいんだけど」

　しんと静まる教室に、和馬の声が響く。

「現状をどう思う？　廃校が決まって、それすらも前倒しになった。俺たちがやってきた一流大学に入るという使命もぐらついてる」

今や、誰もが和馬の口元に視線を送っていた。

「だとしたら、みんなで文化祭だけでもやらね？」

しんとしたなか、杏が手を挙げた。

「でも、文化祭は中止になったでしょう？　それに実行委員会の蓮司くんが……」

そうだそうだ、と何人かが言った。

「蓮司は事故に遭《あ》って、あと一カ月はリハビリで学校に来られない。退院を待っていたら間に合わないだろう。でも、あいつが一番やりたがってたことはみんな知ってるよな？」

いつの間に来たのか、廊下《ろうか》に原田《はらだ》先生が立っていた。みんなからは見えない位置に身を置いている。私と目が合うと『どうぞ』とでも言うように右手を差し出した。

「おい」と和馬が突っついてくる。

「次は陽菜《ひな》の台詞《せりふ》だろ」

そうだった、と私も一歩前に出る。

「文化祭をやる予定だった日の午前中は、学校開放になりました。午後はテストもなし。その日の午後からこっそり文化祭をやろうよ」

次々にみんなの手が挙がる。

「内緒でやるってこと？」「オレンジはいないのに？」「誰が仕切るの？」

たくさんの質問が出るということは、悪い兆候ではない。みんな興味があるから聞いてくれているということだ。

「実行委員会は私と和馬でやります。十月七日の午後が開催日です」

「もちろん」と和馬が続けた。

「無理に手伝ってくれとは言えない。告知はできねーから、客も俺たちだけだろうし。でも、最後におもしろいことをしたい。そして、蓮司にも喜んでほしいんだ」

しん、と静まり返る教室。

互いの顔を見合わせているクラスメイト。

やがて杏が言った。

「この学校での最後の大イベントになるんだよね？　だったら、あたし手伝うよ」

パチパチと座ったままで拍手をする。それが合図となり、どんどん拍手の音が大きくなる。

「うん、やろう」「楽しそう」「親も呼ぶ？」

勉強だらけの学校生活のなか、競い合ってきた私たちが、はじめて一致団結できた気がした。といっても、反対派もいるらしく数名はうつむいているけれど。

そのときだった。

「はい、ホームルームはじめるぞ！」

大股《おおまた》で原田先生が壇上《だんじょう》にあがったので、あわてて退散する。

席に着くと、原田先生は両腕を組んで教室を見渡した。

「なんだか、文化祭をやるというウワサがあるようだが——」

どっと起きる笑い声。コホンと咳払《せきばら》いをした原田先生が首をふる。

「残念ながら学校としては文化祭は認められない」

えーっと声があがるなか、原田先生は「黙れ」と制した。

「こんなこと言いたくないけど、俺だって正直参ってんだよ。急に廃校が決まって、次の勤務先は電車で一時間以上もかかる高校だぜ？」

片眉《かたまゆ》をひそめた原田先生。そっか、先生ともお別れになるんだ。

「だから最後くらいおもしろいことしたいよな。ただし、あくまで裏文化祭なんだから、バレないようにやれよ。気賀《きが》と戸綿《とわた》は特に慎重にな。桜木《さくらぎ》は環境整備委員会だったな？屋上でやればバレないかもな。おっと、ヒントを出しすぎたか」

さっきよりも大きな笑い声が起き、拍手の音が重なった。

ふり返った和馬が、私に笑みをくれた。

こんなにうれしいことがあれば、この失恋も乗り越えられる気がする。

同じように笑みを返しながら、そんなことを思った。


蓮司がリハビリをする病院は、あまりにも遠かった。

距離的には、なんとか行けるくらいに思っていたけれど、あまりにも坂が多すぎて到着したころには汗だくになっていた。

メモを手にエレベーターに向かっていると、右側に大きな部屋があった。たくさんの手すりや器具が壁際に並んでいて、中央にはマットが敷き詰めてある。

リハビリをするところなのだろう、たくさんの人が歩いたり体操をしたりしている。

「あ……」

窓際で手すりにつかまり立っているのは蓮司だ。白衣を着た男性に支えられて、立ったり座ったりしている。グラグラと手足が揺れ、なかなか立位を保持できていない。

きっと痛みが強いのだろう。歯をくいしばり、苦しそうに顔をゆがめている。

あきらめたように車いすに座った蓮司が、右足を床にたたきつけた。それから恥じるように首を横にふる。

うしろにいるのは和馬。蓮司の肩を抱き、なにか言っている。

あ、蓮司がそっぽを向いた。根気よく語り掛ける和馬に、頭をかきむしってから蓮司は、また手すりにつかまり立ちあがる。

なかに入ろうと思ったけれど、ほかの人の邪魔になるだろう。

エレベーターで三階へ行き、蓮司の個室で待たせてもらうことにした。

白い部屋のはしっこに座って、窓からの景色を見る。

九月も下旬になり、空は厚い雲を放棄し、うろこ雲を抱くことが多くなった。遠くで季節外れのセミの声が聞こえた。

夏の青よりも少しうすい空の色をながめていると、スマホが震えた。

見ると、杏の名前が表示されている。

「もしもし」

『おはよう。今、ちょっと話せる?』

おはようって、もう昼すぎだけど。

「今ね、リハビリしている病院にお見舞いに来たところ。ひとりだから話せるよ」

『じゃあ手短に聞くね。あのさ、ちょっと気になっててさ』

「気になるって？」

『和馬くんのこと』

当たり前のように杏は言った。

『最近じゃすっかり友達同士って感じだけど、本当に大丈夫なの？　無理していない？』

彼女らしいと思った。そして、杏にだけはウソをつくのはやめた私。

「無理してるかもしれないし、してないかもしれない」

私の答えに、杏の笑い声がくすぐったい。

『素直ですこと』

「だってわからないもん。でも、前に話をした『さよならゲーム』の答えは出たから満足してる」

和馬自身を知ろうと努力をした結果、私は別れるという選択肢を選んだ。それは間違いじゃない。

あれほど苦しかった気持ちが解放されているし、和馬とも普通に話せるようになった。

「今はまだ気持ちが残っているかもしれないけど、きっと大丈夫。杏のおかげだよ」

『やめてよ。あたしだって陽菜に助けられてばっかなんだからさ』

「杏は平気なの？」

『新しい高校で好きな人見つけるから大丈夫。えっと、なにか名言なかったっけ――』

「いいよ。病院だからそろそろ切るね」

話の途中で遮《さえぎ》り、電話を切ることにした。もう杏は大丈夫だろう。

最後まで杏は明るくて、スマホをバッグにしまってからも笑みが浮かんでいた。友達っていいな。こんなにも元気をくれるから。

思い返すと、杏のことをちゃんと知ろうとしていなかった。恋に夢中の彼女をどこかで拒否していたのかもしれない。きっとこれから先、杏とは本当の意味での友達になれる気がした。

愛が花だとしたら、私と和馬が演じたウソ恋人は造花だったのかもしれない。おたがい承知していたのに、私は造花を本物の花にしたくなったんだ。見た目の美しさだけで満足できず、その香りをかぎたくなってしまった。

この世界に魔法なんてないんだね。

今でも和馬と別れたことは正解だったと信じている。けれど、心に残る気持ちの処理はどうやってやればいいのだろう？

燃え尽きたあとに残った残骸《ざんがい》を見ないフリして生きていけば、いつか和馬と本当の友達になれるのかな……。

「あれ？」

声にふり向くと、車いすを押す和馬が目を丸くしていた。

「陽菜じゃん！」

蓮司がうれしそうに言った。少しヤセた蓮司の頬《ほお》を見ながら、

「ども」

と挨拶《あいさつ》をする。

「なになに、見舞いに来てくれたわけ？　めっちゃうれしいんだけど」

リハビリのときの苦し気な表情はもうない。蓮司の足にはギプスがまだ巻かれている。

和馬は杖《つえ》を脇に置いてから、蓮司をベッドに座らせた。

「痛いって。もっと丁寧《ていねい》にやってよ」

「はいはい。こう？」

「痛い！」

まるでコントのようなやり取りに笑ってしまう。

なんとかベッドに座った蓮司が、「そうだ！」手をぱちんとたたいた。

「陽菜にいい報告があるんだ。なんと、退院が決まったのです」

「ほんと!?　おめでとう。で、いつ？」

ニヤリと笑った蓮司が、壁にはってあるカレンダーを指した。

「十月一日木曜日！　学校には五日から行けるんだよ」

「五日……」

裏文化祭は七日の予定。つまり、二日半の間ごまかす必要があるってことか。

クラスでの話し合いのなか、いつしか裏文化祭は蓮司へのサプライズ企画となっていた。

「あ、また」

蓮司が眉をひそめた。

「和馬も退院日を言ったときにそんな反応してた。五日ってまずいの？」

鋭い蓮司に「ん？」ととぼけた。和馬に目線でヘルプを頼むと、

「だから言ったろ。もっと早く退院できるかと思ってたんだって。な？」

とごまかしてくれた。

「そうだよ。クラスのみんなも月末には退院できると思ってるよ」

自然に言えたと思う。

「だってさあ」蓮司は頬を膨らませる。

「すごく痛いんだよ。ちっともよくなった気がしない」

「そんなに痛いの？」

ベッドのそばにある丸椅子《まるいす》に座ると、蓮司は鼻から息を吐いた。

「めっちゃ痛い。なのに、これからはずっと杖を使うことになるなんてひどい話だよ」

明るい口調に胸がキュッと締めつけられた。

「……杖を？」

「後遺症はたぶんずっと残るんだってさ。たしかに痛みが消えてもうまく歩ける気がしないから本当のことなんだと思う。もう二度とバスケもできないんだろうね」

こんな悲劇を、どうして笑って言えるのだろう？

私にはない強さを持つ蓮司。みんなが彼を好きになる理由がやっとわかった気がした。

彼は本当に太陽だったんだ。

「バーカ」

和馬がぱこんと蓮司の頭をはたいた。

「先生も言ってたろ？　様子を見て徐々に人工関節やらをつけていくって。それまでの辛抱《しんぼう》だよ」

「だけどさ、ちゃんと歩けたり走ったりできる保証はないって言ってたし」

「それは今の医学での話。お前はこれからまだまだ長生きするんだから、チャンスはある。何度言わせるんだよ」

和馬なりに蓮司を励《はげ》ましているんだと伝わってくる。

「はーい、先生」

おどける蓮司に、やっと少しだけ笑えたんだ。


病院を出ると、昼間の太陽はやはり先月よりも弱くなっていた。

和馬は、私が駐輪場に向かうのを見て、

「マジかよ」

と驚いている。

「ここまで自転車で？　けっこう遠かっただろ？」

「坂道だらけだったからね。でも帰りは下り坂が多いから平気。和馬はバスで来たの？」

和馬はポケットからパスケースを取り出した。

「定期買ったんだ。でも学校帰りに見舞いに来るとさ、最終バスに乗り遅れそうになるんだよな」

自転車を押し、和馬の乗るバス停まで向かう。私たちの間をすり抜けていく風が気持ちよかった。

もうすぐバス停というところで、和馬がふり向いた。

「なあ、俺がその自転車に乗っていくわ」

「え、なんで？」

「俺の定期を使ってバスで帰ればいい」

そんなことを言う和馬に「は？」と低い声を出してしまった。

「大丈夫だって」

「そのほうがいい。コンビニの前で待ち合わせしよう」

「いいって」

「遠慮《えんりょ》すんなよ」

「いいってば！」

思わず大きな声を出してしまった。あわてて顔の前で手を横にふった。

なに感情的になってんのよ、私。

「帰りの下り坂を楽しみにしてたんだからね。それに、コンビニの前で待ち合わせしちゃったら、それこそ和馬がまたバスに乗らなくちゃいけなくなるじゃん」

あはは、と笑ってみせる。

苛立《いらだ》ちの正体なんてとっくにわかっていた。

やさしくしないでよ。これ以上、感情を揺さぶらないでよ。

胸のなかで叫ぶ言葉たちは、けして口にしてはいけない。

私たちは友達。彼には好きな人がいる。結局、空に昇って消えてほしかった気持ちは、まだ私のなかで熱を持っている。

――バレてはいけない。

自分に言い聞かせてから、私は和馬を指さした。

「それよりジュースおごって」

「はいよ」

バス停の横にある自動販売機でみかんジュースを買ってもらった。三ケ日《みっかび》みかんジュースと比べると、かなりうすくてぼやけた味だ。

「蓮司の退院が一日、登校が五日だろ？」

コーラを手にした和馬が、指を折って数えている。

「そう言ってたね」

「てことは、約三日間隠せばいいわけだよな」

「だね。あ、蓮司のおばさんには、どうやって伝える？」

「俺がこっそり言っておくよ」

さっきのぎこちなさもなく、やっと普通に話ができている。

「翠《みどり》さんにもなにか頼んでなかったっけ?」

もう和馬が翠さんの名前を出しても平気になっている。

「翠さんにはテーブルに置くクロス作りを手伝ってもらってるの。今度もらっておくね」

間もなく到着するらしく。遠くにバスの車体が見えた。

「じゃ、行くね」

自転車にまたがると、和馬がなぜか「待って」と言った。

和馬は私の前に立つと、

「決めたんだ」

そう言った。

「決めたってなにを?」

ドキドキする胸を落ち着かせて尋ねると、和馬はゆっくり口を開いた。

「上野部《かみのべ》高校の編入試験を受けることにした」

上野部高校……。あの体育館で見たスライドが、頭に浮かんだ。

「それって、蓮司が行く高校の?」

「あいつ、しばらくはうまく歩けないだろうから、手伝ってやりたいんだ」

バスがプシューと音を立てて停まった。

「そっか。それなら、蓮司も安心だね」

友達が一緒なら、きっと心強いだろう。

「じゃあ、またな」

バスに乗りこんだ和馬を見送ってから、ペダルを漕《こ》いだ。

その瞬間、いろんな疑問が一気に解決していくのがわかった。

最初から答えはそこにあったのに、ずっと気づかなかったことを知る。ううん、気づかないことを願っていたんだ。

なだらかな坂を下っていく。風が生まれ、髪が泳いでいる。

彼への気持ちを引きはがしたくてスピードをあげた。

それでもまだ、片想いはすぐうしろをついてくるようだった。


さっきまで屋上にいたクラスメイトは、夜の訪れとともにひとりふたりと帰っていった。

今、屋上で飾りつけの仕上げをしているのは、私と杏だけだった。

「もう明日が本番なんて早すぎるよ」

テーブルクロスをセットしながら杏が言った。照明をつけると先生たちにバレそうで、どんどん闇が濃くなる世界で作業を続けている。

「ほんとそうだよね。でも、蓮司、全然気づいてなかったね」

「あたしたち演技派だよね」

おかしそうに笑ってから、

「足、治るのかな……」

心配そうに杏が言った。松葉杖《まつばづえ》で登校した蓮司は、前に見たときより上手に歩けていた。

一生残るかもしれない傷を負ったのに、蓮司はやっぱり明るかった。

「治すためにこれから先、何度も手術を受けなくちゃいけないみたい」

「そっか」

静かに声を落とす杏が椅子《いす》に腰かけたので、向かい側に座った。そして、私は言う。

「あのね、私これから、和馬と『さよならゲーム』をしようと思うんだ」

杏はその言葉だけで、私がこれからなにをしようとしたのか悟ったみたい。

「本当に？」

「うん。だからさ、お願い。最後に名言をください」

しばらく黙った杏が、軽くうなずくと顔を近づけてきた。

「とっておきのがあるよ。『恋愛はチャンスではない。私はそれを意志だと思う』、太宰治《だざいおさむ》の言葉だよ」

「いい……言葉だね」

自分の意志で最後は決めなくちゃいけないんだ。

「でしょ。これからもいろいろ教えてあげるからね」

私たちはクスクスと笑い合った。

そして、どちらからともなく手をにぎり合った。

彼女は私の大切な友達だ。


屋上のカギを残し、杏が帰ってから五分後、買い出しに行っていた和馬が戻ってきた。

まだ十月初旬なのに口から白い息がこぼれている。

「あー、みんなもう帰っちゃったか」

両手の袋をテーブルに置く彼の輪郭《りんかく》が闇に溶けている。

「原田先生がさっき『いい加減にしろ』って怒ってたよ。もう帰らないと」

「だな。続きは直前にやればいいか」

ふう、と息を吐いた和馬が、ぶるりと震えた。

「しかし寒いな。十月ってもう冬だっけ？」

「寒冷前線がなんとか、ってニュースでやってたね。明日は曇りみたいだし」

空は一面灰色の雲に覆《おお》われていて、月も見えない。

「雨だけは勘弁。てか、前に陽菜が言ってたみたいに雪でも降ればいいのに」

四月ごろ、季節外れの雪を見たいと言ったことがある。

「覚えててくれたんだ……」

「当たり前。さ、帰るか」

カバンを手にした和馬が、その動きを止めた。それは一瞬のことだったけれど、まわりの空気が急に変わったような感覚があった。

そして手すりの前にいる私に近づいてきた。

「明日で、いろいろ終わるな」

「そうだね。なんだか卒業式みたいな気分」

違和感を胸に答えると、手すりを背にして和馬がとなりに並んだ。私たちは肝心《かんじん》な話をする前に、いつも遠まわりをしてしまう。

「どうかしたの？」

なんでもない口調を意識して尋ねると、和馬はまた白い息を吐いた。

「あの……さ。ウソ恋人の話だけど、なんか悪かったな」

「なんで和馬が謝るのよ」

「いや……。ああ、えっと。ただ、陽菜といると楽しかったよ。あんなに自分でも笑えるんだってことを教えてもらった気がした。だからこそ、言わなくちゃいけないことがあるんだ」

夜は人を素直にさせるものなのかもしれない。和馬が言おうとしていることがなんとなくわかった。

「ウソ恋人の話をするとき……俺、ウソをついてた」

「ウソにウソをついたってこと？」

そうだ、と軽くうなずく横顔は、さっきよりも闇に紛《まぎ》れている。

「俺さ……好きな人がいるんだ」

静かな口調に、私は目を閉じた。

安堵《あんど》の気持ちがふわりと胸に生まれた。和馬から話をしてくれたことがうれしかったから。

「知ってたよ」

そう言う私に、

「え⁉」

驚いた声を出した和馬。すぐに、「あ」と短く続ける。

「翠さんのことじゃねーよ。みんな勘違いしてて――」

「それもやっとわかった。和馬の好きな人は翠さんじゃない」

目を閉じたまま、私は続ける。

「蓮司、だよね」

と。

ギイと音がした。目を開けると和馬が手すりから体を離し、床に座るところだった。まるでくずれ落ちるみたいに力が抜けている。

私もとなりに腰をおろした。

さっきよりも近い距離で見る和馬の顔には動揺《どうよう》が浮かんでいた。

「誰にも言わないよ。言うつもりもない。だけど、気づいちゃったの」

黙りこむ和馬は首を横にふっている。必死で否定しようとして、だけど感情がそれを拒《こば》んでいるみたいに見えた。

わかるよ。和馬を好きになった日から、ずっと和馬のことだけを見てきた。

彼を深く知ることで、理解できたこと。

和馬の好きな人の名前は、尾奈《おな》蓮司。彼は親友のことを静かに見つめていたんだ。

「和馬の恋の話を聞かせてほしい」

それでも和馬はしばらく迷っていたようだったけれど、やがて重いため息とともに顔をあげた。

いつもの強気もなく、傷ついたような顔をしていた。

「知りたいの」

もう一度言うと、うめき声とともに和馬は口を開いた。

「中学のときに蓮司と出会った。あいつは明るくておしゃべりで……太陽みたいにまぶしかった」

懐かしむように目を細める。大切な人のことを話すとき、人はこんなやさしい表情になるんだね。

「気づけば好きになっていた。みんなと好きになる対象が違うことにも気づいた。すぐに冷めるかと思ってたけど、ダメだった」

「うん」

「同じ高校を選ぶのも当たり前って感じだった。見返りを求めなければ、ずっとそばにいられると思ってたし、それが幸せだったんだ」

絞《しぼ》り出す声が震えている。今やっと、和馬の心に触れることができていると感じた。強そうに見えて、繊細《せんさい》で弱い心。

「俺の恋は絶対にかなわない。だけど、それでいいと思った。恋をした日に決めたことだから」

「奇跡って起きないのかな」

冷たい風のせいにするには、ちょっと無理があるほど、私の声も震えている。

わかるよ、その気持ち。私も同じだったから。和馬の気持ちを知ったときに、絶対にかなわないとわかったんだ。私たちの恋は、どんな奇跡が起きてもかなわない。

「奇跡なんてさ」

和馬は小さく笑った。

「滅多《めった》に起きないからそういう名前で呼ぶんだよ。たとえば今、雪が降るとか桜が咲くとか、それくらいありえないことなんだよ。だから俺は今のままでいいんだ。蓮司のそばにいる、それしかできないから」

そう言ってから、蓮司は私を見て首をかしげた。

「誰にもバレてない自信はあったのに。なんでわかった？」

「ああ……」

そこで息を吸った。冷たい空気を肺に入れると、やっと気持ちが落ち着いた。

「和馬は最初から恋をあきらめていたんだよね？　だから、蓮司が誰かに恋をしても応援しようと決めていた。違う？」

「……違わない」

「翠さんへの気持ちが大きくなっていく蓮司を見ていて、苦しくなってきた。きっとそのうち蓮司は翠さんとつき合う。あきらめるために、ウソ恋人を作ろうとした」

「……すごいな」

感心したように口にする和馬に、あの日のことを思い出す。

「和馬、『もう一生恋愛なんてしたくない』って言ったんだよ。ってことはさ、その前には恋愛してたってことかな、って。まあ、あとになって思ったことなんだけどね」

「そんなこと言ったっけ……？　他には？」

「パルパルに行こうって言ったとき断らなかったよね。むしろ楽しんでいた。乗り物も蓮司のとなりの席に座りたがっていたし」

あの日、和馬は蓮司ととなり同士で座りたがっていたっけ。

「ああ……」

「恋愛に興味がないから洋楽しか聴かないって言っていた。なのに、蓮司の病院では思いっきり邦楽を流してた。しかもラブソング」

しまった、と体を固くする和馬に、私はもう笑っていた。

「和馬、前に『恋が麻疹《はしか》みたいならいいのに』って言ったよね？　あれは、どういう意味だったの？」

膝を抱える和馬があきらめたように目を閉じた。

「一度かかったら滅多に二度目はないだろ？　蓮司のことをあきらめたなら、もう二度と恋なんてしたくないと思った。それくらい、本気なんだよ」

過去形ではなく、現在進行形の恋。和馬は今も苦しんでいる。

「私がウソ恋人を解消しよう、って思ったのはね、きっと和馬はこれからも蓮司を好きなままで生きていくと思ったから」

好きな人のことは見ていればわかる。どの言葉も、行動も、蓮司をいちばんに考えているからこそのことだった。

ウソ恋人を解消したことは、今も後悔《こうかい》なんてしていない。

「だからずっと好きでいればいいいんだよ。私は応援しているから」

「……ありがとう」

やっと安心したようにほほ笑んでくれた和馬に、私はひとつの決断をした。

彼に思いを伝えるなら今しかない。そうしないと、私は前に進むことができない。そう思った。

「帰ろうか」

と立ちあがった和馬が照れくさそうに歩きだす。

同じように立ちあがってから、

「和馬」

と私は呼びかけた。もう大丈夫、声も震えていない。

ふりかえった彼はまた闇に溶けている。

「『さよならゲーム』って知ってる?」

「『さよならゲーム』? ああ、最近女子がやってるやつのこと? 本当かどうかわからないことを言って、次に会ったときに答えるゲームだろ。あれってなにがおもしろいの?」

いつものぶっきらぼうな口調に戻る和馬。これからも彼の一途《いちず》な恋を応援するためには、このゲームをするしかないと思った。

「『さよならゲーム』は、次にまた会うための約束。答えるためにはもう一度会わなくちゃいけないでしょ?」

「明日には会えるじゃん」

再び背を向けた和馬に、

「お願い」

と小さく声にしていた。聞こえたのだろう、和馬は足を止めた。

私は、私の力でちゃんと区切りをつける。

恋を終わらせるんじゃなく、この手から自由に解き放ってあげること。さっき杏が言っていた『恋愛はチャンスではない。私はそれを意志だと思う』という言葉は、まさしく真実だ。

「いい、出題するよ？　和馬は質問をせずに、そのまま帰るんだからね」

「よくわからないけど、わかった」

大きな背中から目を逸《そ》らさずに、私はありったけの想いを言葉に変換する。

「和馬のことが……好きだったの」

「っ⁉」

息を呑《の》む気配がしても私は続ける。

「つき合いだしたときは違った。本当に0％の気持ちしかなかった。でも、だんだん好きになっていった」

「でも――」

「あ、しゃべっちゃだめ」

「……わかったよ」

もう少し。もう少しで気持ちをぜんぶ伝えられる。明るい声を意識して、素直な気持ちを──。

だけど、ダメだった。胸に一気にこみあがった感情が、涙になって頬《ほお》にこぼれている。

悲しくて、うれしくて、切なくて。いろんな感情が次の言葉を拒《こば》んでいるみたい。

もう一度深呼吸をしてから、「あのね」と想いを声にした。

「好きになってから、楽しいことも悲しいことも切ないこともあった。ぜんぶ、和馬が教えてくれた感情だよ。だからこそ、和馬が蓮司を好きなこともわかったの」

「……」

「私はこれから友達として和馬の恋を応援する。ううん、させてほしいの」

言えた、と思ったとたん、急に体が軽くなった気がした。

「以上、私の告白終わり。……ちなみに答えは『本当』だよ」

和馬がふり向いた。もうその表情は見えない。

「答えを言ったらゲームにならないだろ」

「しゃべっちゃダメだって。ルールどおりそのまま帰って。そして、明日からは友達として普通に話をしてね」

泣いていることがバレないように、明るい声を意識した。

「わかったよ」

「わかってない。『明日からは話がしにくくなるな』って思ってるでしょ?」

あ、大丈夫だ。もう普通に話ができている。

「思って……るかも」

正直すぎる和馬に笑ってしまった。

「これから和馬の味方ができるのは私だけなんだからね。だから、親友になりましょう。杏の次くらいのレベルだけど」

「なんだ、それ」

和馬の声も柔らかくなっている。きっと私たちは大丈夫だ。

「じゃあ、また明日」

最後までルールを無視して挨拶《あいさつ》をする和馬。

「また明日」

笑顔でそう言えた。

さよなら、私の好きな人。

明日からはきっと友達として話ができる。最初はぎこちなくて、たまに恋心を思い出したりもするだろう。

でも、この夜空に放った気持ちは、いつか空に昇り、消えるはず。

急に世界が明るくなった気がして上を見あげると、厚い雲の間から丸い月が顔を出していた。さらさらと降る金色の光に目を閉じた。

恋をしてよかった。

好きになってよかった。

さよならをしてよかった。

ありがとう、私が恋した大切な友達。

エピローグ

裏文化祭。準備はこっそりと、実行は大胆《だいたん》に。

蓮司はサプライズの文化祭を知るやいなや、こっちが驚くくらい号泣した。さんざん泣いて、まわりの教室にバレそうなほど歓喜の声をあげたあと、実行委員長として復帰し、和馬《かずま》とともにカフェを仕切ってくれた。

原田《はらだ》先生も協力してくれ、狭い屋上にはたくさんの保護者やウワサを聞きつけた生徒たちでにぎわった。お母さんは仕事で来られなくて、残念だけど、まぁ仕方ない。

意外だったのは、菜々緒《ななお》さんがひとりで来たこと。

「都築《つづき》さんは置いてきたの」

なんて笑っていた。蓮司《れんじ》の淹《い》れた珈琲《コーヒー》の香りが漂うなか、菜々緒さんに『さよならゲーム』の答えを言えた。

ちゃんと別れたことと告白をしたことを告げたとたん、菜々緒さんが泣き出しちゃったので大変だったけれど。菜々緒さんはお父さんと結婚することを決めたと報告してくれた。

最後の客が帰るころには空には、厚い雲が覆《おお》っていた。

「寒いよう〜」

杏《あん》が抱きついてきたので、よしよしと頭をなでた。

「でも、カフェの最中に降らなくてよかったよね」

「早く片づけ終わらせて帰ろうよ」

寒がりの杏は、これからの季節が大の苦手だ。

「ごめん。実行委員会だから最後までいなくちゃいけないんだ」

「えー」

文句ブーブーの杏をなだめていると、

——ジジ
セミの声が聞こえた気がしてふり返る。違う、蓮司がマイクの音源を入れた音だと気づく。

そうだよね、十月にセミなんているわけがない。

「みんな、今日はありがとう。びっくりしたけど、本当にうれしかった。おかげで大成功だったよね」

わーっと拍手が起きるが、強い風にそれはすぐに悲鳴に変わった。

「せっかくだから、みんなで校歌の斉唱を――」

話の途中で和馬はマイクを蓮司の手からうばうと、

「反省会はあとにして、ある程度片づけたら解散しよう」

と、宣言した。ふたりは本当にいいコンビだ。

みんな必死でゴミ袋を手にかけまわっている。帳簿《ちょうぼ》をつけ終え、原田先生に売上金を渡すと、ようやく私もひと息つけた。

「陽菜《ひな》」

蓮司が和馬《かずま》に支えられてやってきた。

「おつかれさま。どう、収支は？」

足の痛みをこらえているのか、少しつかれた顔で蓮司が尋ねた。右足に巻かれたギプスはみんなのいたずら書きでカラフルに染まっている。

「三ヶ日《みっかび》みかんジュースは買えても、グラニーズバーガーは買えないくらいのプラス収支かな」

「ええ、それだけ⁉」

嘆《なげ》く蓮司に、

「当たり前だろ」

と和馬が口をはさんだ。

「一杯百円でも厳しかったのに、店を開けたとたん、蓮司が半額に変更したせいだろ。なあ？」

和馬が私を見たのでうなずく。

「蓮司には商売はムリだね」

「だな」

キヒヒとふたりで笑い合う。

「だって、まさかみんながこんなサプライズを用意してくれてると思わなかったから、テンションあがっちゃったんだよ」

唇をとがらせつつも、よほどうれしかったのだろう、蓮司の目はカーブを描いている。

肩をすくめた和馬が「そうだ」と私に言った。

「陽菜、帰りにコンビニでおでん食おうか？」

「いいね」

和馬に同意すると、

「僕も行きたい」

と蓮司が叫んだ。が、和馬は人差し指を出口のドアへ向けた。

「おばさんが迎えに来てる。お前はもう帰れ」

見ると、蓮司のおばさんが片づけを手伝っていた。

不満を口にする蓮司を無理やりおばさんに引き継いでから、私たちは片づけをした。

寒くても心はずっとポカポカと温かかった。

原田先生の言う『原状復帰』を果たしたころには、空には夕焼けが広がっていた。

「さっきまであんなに曇っていたのにな」

いつの間にそばにいたのか、和馬がそう言った。

「だね。さすがに寒いけど」

「十月だしな」

ドアのカギをちゃらんと鳴らして和馬が言う。もう屋上に残っているのは私たちだけだった。

浜名湖《はまなこ》が夕焼けを反射して、キラキラ光っている。

「この景色もあと少しだな」

「あと少しでみんなバラバラになるなんて信じられない」

「最後に文化祭ができてよかった」

「うん」

感傷的になりそうで「おでん」と大きな声で言ってみる。

「ああ、行こうか」

「やった」

和馬の横をすり抜けてはしっこに置いてあったカバンを手にした。

ドアを開けようとしたとき、

「陽菜」

和馬の声がした。

「『さよならゲーム』をしよう」

「え？」

ふり返ると、まだ手すりのそばに立つ和馬が、夕焼けを背負っていた。朱色に染まる空に、和馬は黒いシルエットになっている。

「出ていくまでふり返らずに、俺の話を聞くこと」

「真似《まね》っこじゃん。おでんはどうするの？」

冗談かと思った。おどけて文句を言う私に、和馬は「はは」と笑う。

「終わったらそのまま出ていって、下で待ってて。ちなみに答えは『本当』だけどな」

「なに、それ」

「全部終わったら親友になろう。そして、一緒におでんを食おう」

親友、という言葉にまた胸が熱くなる。

あ、やばい。なんだか泣きそうになっている。最近の私はよく泣くようになった。きっと菜々緒さんの泣き虫がうつったんだ。

「わかった。じゃあ、どうぞ」

ドアノブを持ったまま背を向けると、和馬は少し黙った。

びゅうと風の音が強い。

「蓮司に告白した」

和馬の声に思わずふり返るけれど、和馬は人差し指を口に当てている。

「昨日の夜、あいつの家に行って気持ちをぜんぶ伝えたんだ」

ゆっくりドアノブから手を放して体の向きを変えた。

「なのにさ、あいつ秒で断るんだぜ」

歩き出す。和馬に向かってゆっくりと。

「知ってたんだって。俺の気持ち、ずっとわかってたんだって」

『さよならゲーム』の出題者は口のはしに笑みを浮かべていた。

「だけど、『友情のほうが大切だ』だってさ」

そして、泣いている。かなわない恋に大粒の涙を流している。

コンクリートに座る和馬が、

「ルール違反だぞ」

と文句を言う。傷ついている彼を抱きしめるのに、勇気なんていらなかった。

「このゲーム、私の負けでいいよ」

「……んだよ」

それから和馬は声にして泣いた。

私も同じように泣く。

あなたの苦しみが誰よりもわかるから。

「ねぇ、和馬。私は応援するよ。和馬が選ぶすべての味方になる」

「泣かせんなよ」

「だって友達だから。今日からは親友だしね」

恋の前では誰もが無力だね。

この半年で起きたいろいろなことは、これからの私たちの道を照らすだろう。

恋愛なんて一生しないと誓った私と、恋を認めたくなかった和馬。

私たちがウソ恋人になったことも、きっと運命だと思えた。

やがて夜が空に広がるころ、私たちはどちらからともなく笑い合った。
夕焼けは山のはしにわずかなオレンジの線を残すだけ。
「おでん食いに行こうか」
私の大切な友達が言った。
鼻をすすりながら立ちあがったとき、私たちは気づく。
空から白い奇跡が降っていることを。
私たちの恋の終わりを祝福するように、音もなく大粒の雪が舞い降りている。
手のひらにのせるとあっけなく溶ける雪に、顔を見合わせてまた笑う。
はらはらと落ちてくる雪を、私たちはいつまでもながめていた。
そのとき、想いが空に昇っていくのを、私はたしかに見た。

完

あとがき

学生時代に好きだった人は、太陽のような人でした。

男女分けへだてなく話をし、ちょっとしたことでも天地がひっくり返るくらい笑って、テレビドラマの感想を言いながら大粒の涙をポロポロとこぼすような人でした。

恋をしていると気づいたときには、彼女のことばかり目で追っている自分に気づき、それまでできていた『普通』がわからなくなったことを覚えています。

好きになったことでぎこちなくなり、少し先の期待に胸をふくらませては落ちこんでばかり。「恋なんて恋なんて」とマイナスなイメージを持ってしまう、そんな恋でした。

この物語の登場人物たちも、誰かを好きになることでよろこび、悲しみ、泣きます。それはまるで恋をしたことの罰を受けているかのようです。

今回は、その絶望の先にある「希望」を描いてみたいと思いました。

いたるところに過去の自分が見え隠れし、執筆中はチクチク痛いときもありましたが、完成した今は、キラキラ輝く宝石箱のように思えます。学生のかたは今ある感情を、大人の皆さんは過ぎ去りし日の青春を思い出してくだされば幸いです。

天竜浜名湖鉄道《てんりゅうはまなこてつどう》の列車に乗り、執筆のアイデアを練《ね》ることが多い私。

今回、物語を生み出してくれた鉄道会社への感謝の気持ちをこめる意味で、登場人物の苗字を駅名にしてみました。

また、この作品がきっかけで浜松《はままつ》学芸中学校・高等学校の皆さまと非公式ではありますがイメージポスターや動画などを作らせていただきました。作品に命を吹きこんでいただき心から感謝しております。

また、本作品を完成させるにあたり尽力くださいました編集部の皆様、すばらしい装画を描いてくださった飴村《あめむら》様、デザイナーの関様に感謝申しあげます。

この物語を読まれる皆様が、人を好きになることのすばらしさ、奇跡、よろこびを感じていただけますように。

二〇二一年五月　三ケ日駅《みっかびえき》ホームにて　いぬじゅん

※この作品はフィクションです。実在の人物・団体・事件などにはいっさい関係ありません。

集英社オレンジ文庫をお買い上げいただき、ありがとうございます。
ご意見・ご感想をお待ちしております。

● あて先
〒101-8050　東京都千代田区一ツ橋2-5-10
集英社オレンジ文庫編集部 気付
いぬじゅん先生

集英社
オレンジ文庫

この恋は、とどかない

2021年 5 月25日　第1刷発行
2021年12月 6 日　第3刷発行

著　者　いぬじゅん
発行者　北畠輝幸
発行所　株式会社集英社
〒101-8050東京都千代田区一ツ橋2-5-10
電話【編集部】03-3230-6352
【読者係】03-3230-6080
【販売部】03-3230-6393（書店専用）
印刷所　株式会社美松堂／中央精版印刷株式会社

ISBN 978-4-08-680385-4 C0193

コバルト文庫　オレンジ文庫

「ノベル大賞」

募集中！

小説の書き手を目指す方を、募集します！
幅広く楽しめるエンターテインメント作品であれば、どんなジャンルでもＯＫ！
恋愛、ファンタジー、コメディ、ミステリ、ホラー、ＳＦ、etc……。
あなたが「面白い！」と思える作品をぶつけてください！
この賞で才能を開花させ、ベストセラー作家の仲間入りを目指してみませんか!?

大賞入選作

正賞と副賞300万円

準大賞入選作

正賞と副賞100万円

佳作入選作

正賞と副賞50万円

【応募原稿枚数】

400字詰め縦書き原稿100～400枚。

【しめきり】

毎年1月10日（当日消印有効）

【応募資格】

男女・年齢・プロアマ問わず

【入選発表】

オレンジ文庫公式サイト、WebマガジンCobalt、および夏ごろ発売の文庫挟み込みチラシ紙上。入選後は文庫刊行確約!
（その際には、集英社の規定に基づき、印税をお支払いいたします）

【原稿宛先】

〒101-8050　東京都千代田区一ツ橋2-5-10
（株）集英社　コバルト編集部「ノベル大賞」係

※応募に関する詳しい要項およびWebからの応募は
公式サイト（orangebunko.shueisha.co.jp）をご覧ください。